廟堂之高 江湖之遠

管彦杰 著
管恩阁 書

庙堂之高，江湖之远
透过金庸《鹿鼎记》
看清初政治、生活与文化

北京联合出版公司
Beijing United Publishing Co.,Ltd.

图书在版编目（CIP）数据

庙堂之高，江湖之远：透过金庸《鹿鼎记》看清初政治、生活与文化 / 管彦杰著 . — 北京：北京联合出版公司，2019.4

ISBN 978-7-5596-2919-7

Ⅰ . ①庙… Ⅱ . ①管… Ⅲ . ①金庸 – 侠义小说 – 小说研究 Ⅳ . ① I207.425

中国版本图书馆 CIP 数据核字（2019）第 026215 号

庙堂之高，江湖之远：透过金庸
《鹿鼎记》看清初政治、生活与文化

作　　者：管彦杰
责任编辑：肖　桓
内文设计：仙　境

北京联合出版公司出版
（北京市西城区德外大街 83 号楼 9 层　100088）
三河市冀华印务有限公司印刷　新华书店经销
字数：220 千字　880 毫米 ×1230 毫米　1/32　印张：10
2019 年 4 月第 1 版　2019 年 4 月第 1 次印刷
ISBN：978-7-5596-2919-7
定价：42.00 元

在此书即将面世之际，一代武侠文学大师金庸先生离世。
启蒙激荡三十载，铁血丹心留世间。
谨以此书纪念金庸先生！

【作者管彦杰在浙江海宁金庸书院】

序言

一

金庸先生在1981年《鹿鼎记》初版的后记中写道:“然而《鹿鼎记》已经不太像武侠小说，毋宁说是历史小说。”他在2006年的世纪新修改版后记中明确说：“曾郑重考虑大改《鹿鼎记》，但最后决定不改，因为这部小说写的是清朝盛世康熙时代的故事，主要抒写的重点是时代而非人物。”

虚构与真实比肩，皆置身于历史时间轴，《鹿鼎记》再次彰显了金庸先生非凡的才华与抱负——重释历史，书写历史。金庸先生在书中采用不同形式强调大关节的历史性质，这在强调娱乐性的武侠小说中是很引人注意的特例。以写清代帝王历史小说闻名的作家二月河在接受《南方周末》采访时说：“金庸先生是天才。我说他是天才并非在这里用虚词逢场作戏，而是我的真诚实语。”他认为：“从明清小说始，中国的武侠几百年没有什么质的变化。但到了现在又出现了金庸、古龙、梁羽生等的武侠体小说，主将应该就是金庸。”历史学家余英时回忆自己20世纪70年代回到香港工作时与金庸结为朋友，两人对围棋有共同的嗜好，一次棋会之后，金庸谈及自己的武侠作品时表示，“最满意的是封笔之作《鹿鼎记》”。这恰恰就如倪匡所言：“金庸以前的作品，是凌厉刚猛之剑，是软剑，是重剑，是草木竹石皆可为剑，虽然已足以横行天下，但到了《鹿鼎记》，才真正到达‘无剑胜有剑’的境地。”

《鹿鼎记》是书写江湖的武侠小说中描述庙堂最为深刻全面的作品，也就是说此部小说中对政治的描写浓墨重彩。这部长篇小说的第一回中，主人公韦小宝没有出现，出现的都是历史上的真实人物，基本概括了小说的历史背景和政治意味。董乃斌认为《鹿鼎记》“是金庸用小说的样式实践了新史学的理论，是在小说的戏笔中放进了浓郁的史意，把小说的戏笔化成了沉重的史笔，其创新意义值得重视”。其实，《鹿鼎记》不仅是讲历史典故和政治故事。

金庸先生曾对张大春说：“武侠小说的创作的确是在试图逼近古代的社会。从历史的资料里，我尽可能地把所接触到的生活层面包括进去，其中也许还包括文人们琴棋书画、诗词歌赋的情怀，这是就生活面而言。”清初既充满复杂的政治斗争，又浸染亮丽的青春色泽，此种独特的时代风貌在《鹿鼎记》中被表现得有声有色。其情致风味描摹如亲见，中国传统生活和古典文化的各层面在书中皆有所展现，衣食住行、琴棋书画、天文地理、诗词曲赋、诸子百家、九流三教，几乎无所不包。

读者手中的这本书，就是笔者通过《鹿鼎记》，或者说是通过韦小宝的视角和经历来解析及考察，并尽可能地还原书中所写的那个时期真实的历史政治、社会生活与文化情况。

厘清小说中所写故事的起止时间点是首要之举。由于小说的演义性质，《鹿鼎记》给读者的感觉似乎故事只历经了极为有限的几年，实际上是20多年。韦小宝在《鹿鼎记》中以“一个十二三岁的男孩”

形象出场，在宫中偶遇康熙时，康熙与鳌拜正因是否杀苏克萨哈之事起争执。历史记载，苏克萨哈被杀于康熙六年（1667），那年康熙刚好13岁。韦小宝“参与的”最后一件大事是代表清朝政府与俄罗斯签订了《尼布楚条约》，这个条约的签订是在康熙二十八年（1689），那年康熙35岁，韦小宝也应三十四五岁。此后多久韦小宝才携家人归隐大理，因无具体客观的历史事件作为时间参考就不得而知了。

也就是说，本书主要是借金庸先生创造的文学人物韦小宝在《鹿鼎记》一书中的视角和经历，解析1667—1689年这20多年前后的中国政治格局与社会文化。这个时期处于康熙执政的前半部分，也是清初统治者在军事和政治上宏伟事业的巅峰。这个阶段恰恰也是金庸先生祖上最荣耀的时期，其浙江海宁查家甚至被康熙称为“唐宋以来巨族，江南有数人家”。

历史和社会从来就密不可分，写作同样与前面二者密切相关。所有历史政治事件的发生、社会生活和文化的状态与变迁皆有前因后果。《鹿鼎记》所写的这20多年也免不了时常对一些人和事做一些背景材料的简介，尤其是作为一部与清初历史虚实结合的武侠小说，在一些情节的渊源介绍上难免会牵涉明末和南明政权。

历史学界对“清初”的界定基本都是“顺康”，也就是顺治元年（1644）到康熙二十年（1681），考虑到本书并不是一本严格意义上的历史学术研究作品，加之书中前半部分有大量内容涉及顺治，所以此书的书名中就直接使用了“清初”这个时间和历史概念。

美国学者梅尔清曾在《清初扬州文化》一书的第一章写道：“近现代西方历史研究中对于从1645年至1700年，也就是扬州从清统治者的征服中恢复过来的这一段时期，历史向来没有被纳入清史的叙述范围。直到最近，对清初历史的绝大多数研究，还是要么集中在清征服中的军事和制度建设方面，要么集中在对明王朝忠贞的议题上。同中国研究者差不多，美国的学者也主要是研究 18 世纪清帝国的鼎盛或研究 19 世纪中期清帝国的风云变幻及政局动荡。”梅尔清所言的研究状况在近几年已有改观，从不同角度研究清初历史的书籍陆续面世。

本书选择研究的历史时间阶段跨度不大，值得做的文章却很多。史景迁认为：“康熙一朝，并非如后来的清朝那样因循旧例而拒斥变革，它不是一个稳定而安泰的时代。17 世纪后期，明朝的效忠者对新王朝的威胁时时得见，而封疆大吏和以往与满人结盟的边疆部落也变得好战起来，皇家明确其优越地位的尝试还刚开始，皇朝与中原文化之间还不融洽。”正是这样一个特殊的变革与尝新的时期，为金庸先生创作《鹿鼎记》提供了丰富多彩的想象空间。

韦小宝这个角色在那个时期步入滚滚红尘，因缘际会地“主导”或“参与”了几件康熙朝毫无争议的宫廷大事、民族大事、国家大事。韦小宝风尘仆仆地奔波往返于庙堂与江湖，活跃于宫廷与妓院赌场，横跨于社会上层与底层，其活动范围从辽东到云南，从江南到台湾，甚至还到了俄罗斯莫斯科。于是乎，从未读过一本书的韦小宝行了万里路，也可称得上是见多而识广，他的经历与见闻本身就是记录那个历史时期中国政治军事及社会生活与文化的小百科全书，甚至可以称之为个人史研究领域的某种新式的“文学范例”。

正如金庸先生自言：“我的小说里也一直对下层社会很关注，特别是那种远离高高在上的庙堂的生活。”

笔者深以为然。

二

如果说“庙堂”指代“朝廷”或政治上层建筑，那对“江湖”最恰当的解释或许就是有论者指出的：“不过是一个远离庙堂，又脱离了‘差序格局’宗法势力范围的社会空间。”

江湖的本义是指广阔的江河、湖泊，该词最早见于《庄子·大宗师》：“相濡以沫，不如相忘于江湖。”《史记·货殖列传》述范蠡“乃乘扁舟浮于江湖”，其中“江湖”即指五湖，后人有感于范蠡的超然避世，再谈“江湖”，就超越地理学概念了。譬如，杜牧诗“落魄江湖载酒行，楚腰纤细掌中轻”，其中的“江湖”，就隐然有与朝廷相对之意，即隐士与平民所处之“人世间”。“江湖”这一文化意义，在范仲淹的《岳阳楼记》里表达得最为清楚：“居庙堂之高则忧其民，处江湖之远则忧其君。”

纵观金庸先生的武侠创作历程，其在侠义的认识上的巅峰即《射雕英雄传》中“为国为民，侠之大者”的郭靖，那也是笔者解析金庸小说的第一部作品《繁复世情，璀璨江湖——漫谈金庸经典之〈射雕英雄传〉》（广西师范大学出版社，2016年）的主题之一。在第一部书中笔者主要运用的是现代西方心理学理论深度剖析武侠人物心理世界，以传统文史哲视角再现宋代社会文化风貌。

《射雕英雄传》之后，金庸先生笔下的主人公“侠性渐消，邪性见长”，直至在封笔作品中“居然”创造出了韦小宝这样一个角色。金庸先生在第一次修订《鹿鼎记》的后记中坦承：“《鹿鼎记》和我以前的武侠小说完全不同，那是故意的。一个作者不应当总是重复自己的风格与形式，要尽可能地尝试一些新的创造。”

金庸先生亲手“毁灭”自己在之前的作品中创造出来的“武侠梦”，而这种“毁灭”并不仅是金庸先生的一时兴起和纯粹的主观选择，还来自对中国社会历史发展阶段的现实情况的深邃思考，还有对中国社会和人性更加清醒的认识。

小说名为《鹿鼎记》，开篇即从《明书辑略》的文字大狱入笔，借一段文士与小孩的对话点出书名的含义，也就点出了小说的中心主题：“‘问鼎’‘逐鹿’这四个字，也可借用于别处，但原来的出典，是专指做皇帝而言。”鹿鼎记者，问鼎逐鹿之记也，是关于谁丢了皇帝宝座，谁做了皇帝，又是谁想做皇帝的故事，涉及的是关于王朝兴亡、关于统治权得失的天大问题。小说中既有代表政治最高统治权的康熙皇帝，包括以他为核心的当时整个统治集团，也有以天地会、沐王府等为代表的复杂多样的反对派政治势力，以降臣吴三桂为首的“三藩”威胁，甚至还有俄国侵略者。

这些政治人物和势力的存在并不能构成当时社会的完整结构，其中还有重要的、数量巨大的组成部分，比如当时下层社会的身影：粗鲁而仗义的茅十八、粗俗却爱子的妓女韦春芳等。《鹿鼎记》实际上将清初社会人等的基本结构按政治立场做了分解和具体化，全面反映了清初社会各阶层人士的精神风貌与生活状态。金庸先生把当时朝廷的政治和民间的社会习俗相类比，联系在了一起，其用心值得玩味。

譬如，书中写道：“江湖上帮会教派之中，上级统御部属，所用方法与朝廷亦无二致，所分别者，只不过在精粗隐显而已。”又如，苏荃曾说：“小宝做官的本事高明。瞒上不瞒下，是做官的要紧诀窍。”“神龙教中那些人干的花样，还不是跟官场中差不多？”

再如，小说一再借韦小宝之心和眼，将皇宫与妓院做对比。看到皇宫的建筑，在皇宫里与众太监赌钱，他联想到扬州的妓院；看到皇帝的寝宫、寝宫的被褥枕头，他心道：“比我们扬州丽春院中的房间，可也神气不了多少。”这或许还是在强调韦小宝的出身，但当韦小宝听老太监说起顺治的后宫情况时，心想：“他奶奶的，这老皇帝的皇后真多，又有一个什么孝康皇后。他的皇后，只怕比咱们丽春院里的小娘们还多。”用的是极俚俗的语言，揭示的却是让人难堪的真理。到了第十四回，写陈近南对韦小宝的看法，作者用自己的话直截了当地说：“他可不知韦小宝本性原已十分机伶，而妓院与皇宫两处，更是天下最虚伪、最奸诈的所在，韦小宝浸身于这两地之中，其机巧狡狯早已远胜于寻常大人。”韦春芳不知道儿子已然做了大官，仍旧称他“小王八蛋”，仍旧用妓院行规谆谆教导他，不许他偷客人的钱。作者巧施误会法，让韦春芳把小宝做官赚来的大把银票看得就跟偷来的一样，逼着他还给人家，隐喻一个妓女的心灵比贪官还清白些。

从社会陌生人角度而言，语言体系大致可分三类：江湖语言、商业语言、官方语言。红顶商人胡雪岩认为“五场皆通”才能成大事。官场、洋场、商场、赌场和情场这“五场皆通”讲的是熟悉各个场所的语言体系，有了相同的语言体系，才有共同语言，才有沟通，才有机会达成共识，进而合作交流。什么事都重在一个“沟通”，语言能力恰恰是人类各方面能力的综合体现。无论是以什么标准分类的语言体系，韦小宝皆可谓样样适应，样样精通。

通过韦小宝的经历，可以看到庙堂与江湖的运作模式，或者说是潜规则，居然会有如此多的雷同与相似之处。韦小宝坐火箭般的生财之路与升迁之道，与他担任天地会青木堂香主、神龙教白龙使、罗刹国摄政王的头衔所采用的方式方法几乎一样，包括他对权力的驾驭与翻覆也如出一辙，制伏假太后、整倒郑克塽、治罪吴之荣……

靠着对上逢迎拍马，对下恩威兼施，韦小宝各方面做得如鱼得水、

胡雪岩故居后花园

游刃有余。金庸先生在接受白岩松采访时讲："韦小宝，我是写了开头不久，后来想法有了点改变，我把他作为一个中国的劣根性的典型。我受鲁迅先生的《阿Q正传》的影响大，他写了一个中国人的一种很不好的个性，精神胜利，我自己觉得精神胜利当然是中国民族的很不好的一种缺点，其实中国人缺点还有其他更多的，像不诚实了、贪污腐化了、损人利己了这种事情。谈起来因为（当时）中国生活困难，生存竞争很激烈，所以有很多很多坏人，做很多很多坏事，慢慢变成一种传统了，尤其在下层社会，或在很高层的官场里，这种情况很多，所以我在《鹿鼎记》中比较集中地描写了。"

三

80年前，战争致使金庸先生求学之路颠沛流离；70年前，金庸先生随港版《大公报》诞生入港，此行改变了他的一生；60年前，他正式创刊《明报》；50年前，他开始动笔并连载他的最后一部武侠小说《鹿鼎记》；40年前，他皈依佛法；30年前，他致信浙江地方领导，为在阶级斗争中被枪决的父亲平反而"感激异常"；20年前，他就任浙江大学人文学院教授、院长之职；10年前，他申请攻读剑桥大学博士学位……我们以10年为一个节点，摘取金庸先生这些节点上的一些经历，便可知其人生阅历之丰富。

金庸先生曾对池田大作说："西方历史学家渐渐重视经济史、社会史、风俗史、文化史等类型，不再像从前那样，以政治史为唯一的历史。近年来更兴起'民众史'的著作，所谓'由下而上的历史'……"这句话对笔者的启发很大。

冯其庸先生曾言："我认为金庸小说所包含的历史的、社会的内容太广泛了，也就是说金庸小说所包含的学问太广泛了，没有一定的历史的、社会的知识，不认真地当作做学问来读他的书，当作做学问来评论他的书，仅仅从传奇性、强烈的故事情节性来读他的书和评论他的书，恐怕是很难中肯的。”确实如此。

《鹿鼎记》中的康熙与韦小宝，一君一臣，亦师亦友，在庙堂上珠联璧合，在江湖中上下其手，可谓是所向披靡，无往不利。我们在阅读小说的快感过后，还可以借机补充一些历史和社会的知识，以更好地理解和体验小说的艺术本质及魅力，同时还可提升对历史政治、社会生活与文化的认识水平，一举两得，这也恰是笔者创作这本书的目的之一。

本书是笔者解析金庸经典作品的第二部，参照的版本为广州出版社出版的《鹿鼎记》。

2017 年 12 月于北京恭和斋

目录

【上 篇】

第一章 康熙这个人 / 001

第一节 顺治的情史与“遗产” / 003

顺治情史与“顺治出家” / 003

继承皇位与擒拿鳌拜 / 008

第二节 康熙的婚姻家庭与性格才干 / 011

康熙的婚姻家庭 / 011

康熙的性格才干 / 012

第三节 康熙与同时期其他大国帝王的比较 / 017

康熙皇帝与法国国王路易十四 / 017

康熙皇帝与俄国沙皇彼得大帝 / 021

第二章　八旗制与加官晋爵的规制 / 027

第一节　八旗制 / 029

八旗制的创立与功能 / 029

上三旗与下五旗 / 032

第二节　爵位与官阶 / 035

清朝的爵位 / 035

清朝的官阶 / 039

第三章　透过韦小宝管窥清初太监的生存状态 / 043

第一节　太监的产生与清初对太监的控制 / 045

太监的产生 / 045

清初对太监的控制 / 046

第二节　太监的分工与等级 / 048

第三节　太监谋私现象 / 050

第四节　太监借势与其影响力 / 052

太监借势 / 052

太监的影响力 / 054

第五节　“伪太监”的价值与实质 / 061

第四章　围绕权力旋转的群体关系 / 063

第一节　京官的工作情况和私生活 / 065

京官的工作情况 / 065

京官的私生活 / 068

第二节　京官与外吏的关系 / 072

第三节　政治无间道与告密者 / 079

社会政治土壤 / 079
韦小宝的多面性与“有所不为” / 082
吴之荣与风际中的“无所不为” / 085
第四节　“天下第一福将”的官场心得 / **089**
“千里为官只为财” / 089
“瞒上不瞒下” / 090
“听人奉承，毕竟开心” / 090
“精明干练，居官得体” / 091

第五章　清廷与以吴三桂为代表的藩王 / 095

第一节　三藩的来龙去脉 / **097**
三藩的来历 / 097
三藩割据 / 098
三藩之乱 / 100
第二节　吴三桂的家事与国事 / **102**
吴三桂家族 / 102
吴三桂这人 / 103
吴三桂与陈圆圆 / 105
吴三桂与国事变迁 / 107

第六章　南明的衰亡与“反清复明”力量的衰落 / 113

第一节　南明政权更迭与纷争 / **115**
南明政权的脉络 / 115
弘光政权开启南明 / 116
隆武政权与鲁王监国 / 117

绍武政权与永历政权 / 118
第二节　明郑时期与天地会 / **120**
明郑时期 / 120
陈近南与天地会 / 121
第三节　“反清复明”的江湖力量的衰亡 / **127**
沐王府与王屋派 / 127
丐帮与青帮 / 129
其他“反清复明”的江湖力量 / 130

【中　篇】

第七章　衣 / 133
第一节　马褂与黄马褂 / **135**
马褂 / 135
黄马褂 / 136
第二节　官帽与官服 / **137**
官帽 / 138
官服 / 139
第三节　鞋与靴 / **140**
鞋 / 140
靴 / 141
第四节　裘皮与珠宝玉石 / **143**
裘皮 / 144
珠宝 / 144
玉石 / 145

第五节　特色服饰及其材质 / **147**

“职业装” / 147

皮衣裤 / 147

茧绸 / 148

第八章　食 / 151

第一节　茶与酒 / **153**

普洱茶与龙井茶 / 153

黄酒与花雕酒 / 156

第二节　御膳房的品质 / **158**

第三节　南北方特色小吃与零食 / **162**

第九章　住 / 165

第一节　紫禁城的用品与建筑 / **167**

檀香与青铜香炉 / 167

上书房与布库房 / 168

皇帝寝宫与太后寝宫 / 172

御花园与火场 / 175

宫城四门 / 178

第二节　京城王府与大户宅第 / **181**

康亲王府 / 181

大户宅第 / 182

第三节　江南园林 / **184**

梨木家具 / 184

江南园林 / 186

第十章　行 / 189

第一节　生活用马与军事用马 / **191**

生活用马 / 191

军事用马 / 191

第二节　身份有别的轿子 / **193**

第三节　船舶与水运交通 / **196**

京杭大运河 / 196

海航 / 197

造船 / 198

【下　篇】

第十一章　信仰与非法组织 / 199

第一节　《四十二章经》与佛教的发展 / **201**

《四十二章经》的来历与其中的“秘密” / 201

佛教在清初的情况 / 204

五台山清凉寺与嵩山少林寺 / 205

第二节　耶稣会与清初传教士 / **211**

第三节　“神龙教”等非法组织的滋生 / **213**

第十二章　科学与技术 / 215

第一节　西学东渐的天文历法与火炮兵器 / **217**

天文历法 / 217

火炮兵器 / 219

第二节　中国本土制造的水龙与水枪 / **223**

第三节　被外国所艳羡的中国造桥技术 / 225

第十三章　城市与商业 / 227

第一节　北京的城市与文明 / 229

内城九门与外城七门 / 229

北京胡同与内外城 / 230

天桥与天坛 / 232

煤山与思陵 / 234

百年老号与满汉全席 / 237

第二节　扬州的衰败与繁华 / 240

“扬州十日”与康熙南巡 / 240

得胜山与英烈夫人庙 / 243

盐业与盐商 / 244

禅智寺与芍药花 / 245

第三节　昆明的牌坊与名园 / 249

金马碧鸡坊与忠爱坊 / 249

平西王府与安阜园 / 250

第十四章　文化与娱乐 / 253

第一节　文房四宝 / 255

第二节　雕版印刷 / 259

第三节　书法绘画 / 260

第四节　诗词曲赋 / 263

第五节　小说演义 / 267

第六节　戏曲说书 / 269

第十五章　青楼与赌博 / 273

第一节　青楼与社会 / 275

陈圆圆与韦春芳 / 275

妓院的社会功能 / 280

第二节　赌博与社会 / 282

赌博在各阶层的流行 / 282

清初的禁赌政策 / 284

结　　语 / 286

参考文献 / 292

上篇

第一章 康熙这个人

第一节　顺治的情史与“遗产”

顺治情史与“顺治出家”

《鹿鼎记》第一回是从《明书辑略》的文字狱开始讲述的，并点明小说的主旨在于“问鼎”与“逐鹿”这两个词。对于康熙，既要从“大帝”这个角度来看其伟大，也要从“人”的自然属性进行分析。

康熙作为中国历史上一位称得上伟大的皇帝来讲，首先是从其父亲顺治皇帝那里继承皇位，他既承接了顺治皇帝留下的各类财富，也得面对历史遗留下来的各种难题。

我们主要围绕两点先来谈康熙的父亲顺治皇帝：一是小说中颇费笔墨的清宫四大疑案中的“顺治出家”案，从而探究顺治的情史和宗教信仰；二是康熙即位后出手第一个大动作——拿下鳌拜，鳌拜是顺治留给康熙的四大辅政大臣之一，我们要知道顺治为什么指定鳌拜辅政，从而探究鳌拜对康熙意味着什么。

顺治皇帝，本名爱新觉罗·福临，是清朝的第三位皇帝，也是清朝入关的第一位皇帝。他的出生地在现今沈阳故宫的永福宫，生母为孝庄文皇后，也就是博尔济吉特氏。顺治 6 岁登基，还是一个稚嫩孩童，当时的朝政由他的叔父摄政王和硕睿亲王多尔衮打理，这便是所谓的“辅政”。

顺治元年（1644），清军大举入关，最终入主中原，并将都城迁到了北京。顺治七年（1650），摄政王多尔衮出塞打猎，死在滦河，顺治这才有机会提前亲理朝政。

顺治共有过两位皇后：第一位皇后是博尔济吉特氏，她是顺治母亲孝庄皇太后的侄女，当时由多尔衮做主订婚并聘娶。如同绝大多数没有感情基础的婚姻一样，强扭的瓜不甜，顺治与皇后性格相抙，后来顺治就废掉了皇后，将其降为侧妃。另一位皇后也是博尔济吉特氏，依然夫妻关系不和谐，这个女人不简单，能够忍辱负重，还能察言观色，得到了太后的支持，最终没有被废掉，史称孝惠章皇后。

顺治的性格不稳定，多愁善感，喜怒无常，情绪起伏多变。一个男人的成长与成熟往往需要一位合适的伴侣，顺治运气还算不错，遇到了他视为知己的董鄂妃，即后来追封的孝献皇后。

年轻的顺治帝对董鄂妃可谓一见钟情，这位少年天子对董鄂妃恩爱逾常。

董鄂妃出身阶层较高，是内大臣鄂硕的女儿，顺治十三年（1656）八月二十五日被册封为“贤妃”，一个月后，顺治就以“敏慧端良、未有出董鄂氏之上者”为由晋封她为皇贵妃。

一个男人对一个女人表达内心尊重和爱慕的最直接方式可以体现在他为迎娶她而举办的婚礼上。顺治为董鄂妃举行的册妃典礼可谓隆重至极，甚至按照册封皇后的大礼颁恩诏大赦天下，这一超乎寻常与惯例的做法是有清一代近 300 年历史上仅有的一次。

顺治对董鄂妃的激情与热情是少年人遭遇爱情时的正常反应，因为那一年顺治才 19 岁，董鄂妃 18 岁。

爱情结晶于第二年便诞生了，董鄂妃生下的这位皇四子被顺治爱屋及乌地称为“此乃朕第一子”。皇帝最爱的儿子，自然有成为太子的可能，可惜这个爱情结晶仅在世上生存了不到三个月，悲恸欲绝的顺治追封其为和硕荣亲王，为他修建了高规格园寝。

“情深不寿，慧极必伤”，原本就体弱多病的董鄂妃因子夭折而被打击得一病不起，于顺治十七年（1660）八月十九日病逝于承乾宫，年仅 22 岁。史官记载顺治于顺治十八年（1661）正月初七因染天花驾崩，享年 23 岁。也就是说董鄂妃病逝 100 多天后，顺治也去世了。

“后至俭，不用金玉，诵《四书》及《易》，已经卒业，习书未久即精，朕喻以禅学，参究若有所悟。”这是顺治为悼念董鄂妃所写的“孝献皇后行状”中的一句话，从中可以看出，顺治与董鄂妃不仅是男女之间的性吸引，很大程度上是文化与精神层面的默契共鸣：共同学习《四书》和《易经》，铺纸研墨练习书法，对禅学都有一定认知与领悟。

文中提到的“禅学”则是“顺治出家”传闻流传的重要原因之一。

我们可以从当时事态发展的速度和细节察觉后来许多传闻的端倪。

确切地讲，顺治接触宗教以来，起初几年受汤若望耶稣会影响较大，生前最后四年间则明显倾向于佛教。顺治对汤若望信任至极，在病危议立嗣君时，考虑到皇子年龄太小想立皇弟，汤若望以玄烨出过天花可终生免疫为由支持立玄烨，从而使顺治定玄烨继承皇位，史书称汤若望“直陈万世之大计”。汤若望当然是希望顺治皈依天主教，但因顺治后来已信佛教而没有受洗。

我们来看看顺治生命的最后四年与佛教发生的关系。

顺治十四年（1657），顺治与憨璞和尚一见如故，他对佛教的兴趣应该就是从那个时候萌发的。次年，顺治传召高僧玉林琇进京，并封其为“大觉禅师”，顺治以禅门师长礼待玉林琇，自称弟子，法名行痴。董鄂妃病逝，顺治陷入了世人皆会面临和体验的痛苦之中，沉陷情海不能自拔的顺治无意于枯燥的政治，萌生了出家的念头，并由茆溪行森剃度，成了历史上著名的“光头天子”。

顺治十八年（1661），顺治亲临悯忠寺观看吴良辅出家仪式，回宫当晚即爆出染上天花的消息，高烧不退的顺治于五天后驾崩。

金庸先生在《鹿鼎记》一书中有注明：“顺治出家五台山一事，清代民间盛传，成为‘清代四大疑案’之一。”为了厘清这个传闻，我们需要关注两个细节：一是顺治得的这个“天花”到底是什么病，为何染上后五天就会离世；二是小说中写康熙先是派韦小宝代其在少林寺出家，后又派韦小宝前去五台山保护顺治，那么康熙是否可能在五台山见到父亲顺治。

病毒是伴随人类历史发展的常客，天花曾是最古老也是死亡率最高的传染病之一。这种烈性传染病在当时无特效药可治，如果能够痊愈，便终生免疫，但也会在脸部留有麻子般的疤痕，因此被称为“天花”。按照现在的医学常识来看，顺治五天即死的速度确实有些过快，但也并非不可能。

李夏恩曾说：“还有什么比宫廷阴谋更能引起世人的兴趣？在

平凡世人的眼中，在重重宫闱的深处，就是至高权力的隐秘所在。但高高的宫墙隔绝了窥伺的目光，只有在史官隐晦的记录和稗官野史中才透露出蛛丝马迹。这些细碎的痕迹，就像咀嚼食物剩下的残渣。正因如此，幻想才有可乘之机，用种种可能性填补无法窥见的未知领域。传说也因之而生。”关于顺治出家的传说亦如此。

这个传说最早见于一位清初大诗人的作品中，此人就是后来因写《圆圆曲》而闻名的吴梅村。吴梅村擅长根据历史事实写诗，因而其诗被人称为“诗史”。

许多人在研究他写的《清凉山赞佛诗》时发现字里行间似是暗指顺治未死，尤其是其中两句：“戒言秣我马，遨游凌八极。”“八极何茫茫，曰往清凉山。”这就如史学家陈垣所言：“一般传说之顺治出家问题，如果认其果有其事，固属不可，若谓其绝无根据，似亦不妥。故吾人可说：‘顺治实曾有意出家，只是出家未遂耳。’”金庸先生也不过是借顺治向佛的事实，借传闻而演绎道：“行痴原是个至性至情之人，只因对董鄂妃一往情深，这才在她逝世之后，连皇帝也不愿做了，甘弃万乘之位，幽闭斗室之中。”

顺治染上天花的那天，还亲临悯忠寺观看他安排的心腹太监吴良辅的出家仪式。悯忠寺现在叫法源寺，位于北京市教子胡同南端的法源寺前街，为中国佛教协会的所在地。有没有觉得这个历史细节与《鹿鼎记》中的哪个情节非常相似？

没错，康熙也是安排他最信任的“小太监”韦小宝出家，其目的是前去照顾和保护顺治。韦小宝不负期望，在五台山保护了顺治，并亲历了顺治与康熙父子相见的现场。“康熙悲喜交集，直冲进房，抱住行痴双脚，放声大哭。行痴轻轻抚摸他头，说道：‘痴儿，痴儿。’眼泪也滚滚而下。”“呀的一声，房门打开，行痴携着康熙的手走出门外。父子两人对望片刻，康熙牢牢握住父亲的手。行痴道：‘你很好，比我好得多。我很放心。你也放心！’轻轻挣脱了他手，退入房内，关上了门。又过了片刻，喀的一响，已上了闩。康熙扑在门上，呜咽不止。”这也是康熙在整部《鹿鼎记》中最让人怜惜的一幕，任谁多么强大，见到亲生父亲也还是一个孩子。

顺治和康熙在继位初期皆为寄人篱下，难免有孤苦伶仃之感。

顺治 6 岁登基，摄政王和硕睿亲王多尔衮死后才亲政，那时已是顺治八年（1651），他刚好 14 岁。康熙 8 岁登基，由索尼、苏克萨哈、遏必隆和鳌拜辅政，康熙六年（1667）开始亲政，也 14 岁。

应该讲，顺治身受亲属长辈辅政之苦，因此给康熙安排的四大辅政大臣都不是康熙的亲属长辈。以鳌拜的身世和自立功勋而言，作为辅政大臣也算得上名副其实，只是鳌拜后来所为令人始料未及。

继承皇位与擒拿鳌拜

鳌拜出身贵族，满洲镶黄旗人，是后金开国五大功臣之一费英东的侄子。他的一生要一分为二，前后天渊之别。

我们先来看他军功显赫的前半生，那时候的他最为人称道的三大战功是皮岛之战、松锦会战和西充之战，因军功显赫而被称为“满洲第一勇士”。鳌拜可不是韦小宝那样“浪得虚名”“混得爵位”。

《鹿鼎记》中康熙让韦小宝调动奉天驻防兵马去剿灭神龙岛时升韦小宝为“一等子爵”和“巴图鲁”，此“巴图鲁”和鳌拜的“巴图鲁”差得可真不是一星半点。

鳌拜不仅战功卓绝，而且颇有政治敏锐性，始终都是皇太极的心腹。皇太极逝世后，鳌拜牵制多尔衮，这才有了皇太极第九子福临继位，也就是说，顺治之所以能当上皇帝，鳌拜功不可没。这个连锁逻辑的重要性很简单：鳌拜确保了顺治能当上皇帝，这才有了以后康熙接替皇位的可能性。顺治亲政后，鳌拜再次成为皇帝的心腹也不足为奇了。

无论讲封建君臣的忠诚，还是讲军事能力和政治抗压力，鳌拜都超人一等，顺治指定他为自己继承人的辅政大臣自然是极为放心的。但后期的鳌拜由于摆资格、炫军功、显傲气，擅权自重，日益骄横，走上了专权的道路。康熙之所以要杀鳌拜，事出有因，我们就拿《鹿鼎记》中描述的一件事情来看两人之间的矛盾。

刚进宫的韦小宝偷溜进康熙的书房时，无意中撞见康熙和鳌拜因如何处置苏克萨哈而发生冲突与对抗。也是这一次，韦小宝才知道小玄子原来就是康熙皇帝。

鳌拜当时说：“回皇上：苏克萨哈蓄有异心，他的奏章大逆不道，非处极刑不可。”康熙不置可否。鳌拜又道：“皇上刚刚亲政，苏克萨哈这厮便上奏章要‘致休乞命’……这是说皇上对奴才们残暴得很。”皇帝仍不置可否，鳌拜继续道：“奴才和王公贝勒大臣会议，都说苏克萨哈共有廿四项大罪，怀抱奸诈，存蓄异心，欺藐幼主，不愿归政，实是大逆不道。按本朝《大逆律》，应与其长子内大臣察克旦一共凌迟处死；养子六人、孙一人、兄弟之子二人，皆斩决。其族人前锋营统领白尔赫、侍卫额图等也都斩决。”康熙认为处罪太重，鳌拜道：“回皇上：皇上年纪还小，于朝政大事恐怕还不十分明白。这苏克萨哈奉先皇遗命，与奴才等共同辅政，听得皇上亲政，该当欢喜才是。他却上这道奏章，讪谤皇上，显是包藏祸心，请皇上准臣下之议，立加重刑。皇上亲政之初，应该立威，使臣下心生畏惧。倘若宽纵了苏克萨哈这大逆不道之罪，日后众臣下都欺皇上年幼，出言不敬，行事无礼，皇上的事就不好办了。”

鳌拜咄咄逼人，几无掩饰，他对于康熙提出的想法不屑一顾，说是“这几句可是小孩子的话了”，还居功自傲道：“奴才当年跟随太宗皇帝和先帝爷东征西讨，从关外打到关内，立下无数汗马功劳，汉字不识一个，一样杀了不少南蛮。这打天下、保天下嘛，还是得用咱们满洲人的法子。”

韦小宝作为不知内情的人，都觉得鳌拜“说话的语气很是骄傲”，“出言不敬，行事无礼”，只觉得“单听你的声音，就知你是个大大的奸臣”。韦小宝发现鳌拜“越说声音越响，语气也越来越凌厉”，“只见一条大汉满脸横肉，双眉倒竖，凶神恶煞般的走上前来，双手握紧了拳头”。

《鹿鼎记》中设计韦小宝无意中听到康熙与鳌拜因苏克萨哈之事而起争执具有偶然性，也很戏剧化，但与史实并不冲突。

没有哪个皇帝能忍受得了臣子如此顶撞自己，更何况是中国历史上最伟大的皇帝之一，即使那时候康熙才 13 岁。

后来，康熙擒拿鳌拜的故事大家耳熟能详了，康熙在诛鳌拜诏中称：“妄称顾命大臣，窃弄威权。”也并非是欲加之罪与言过其实。

第二节　康熙的婚姻家庭与性格才干

康熙的婚姻家庭

韦小宝被软禁通吃岛多年，直到施琅收复台湾，康熙才下令召回韦小宝去攻打雅克萨。两人再相逢时，康熙笑问韦小宝生了几个孩子，并得意地说："这件事我可比你行了。我已有四个儿子、三个女儿。"实际上去掉早夭的孩子，当时他已有九个儿子、四个女儿。

根据唐邦治所编《清皇室四谱》及《大清圣祖仁皇帝实录》记载，康熙有后妃 30 人，史上有康熙"九妃连珠"和"八嫔临御"的说法，这是何等旺盛的精力，或许这就是基辛格先生所言："权力是最好的春药。"

进化心理学家戴维·巴斯认为，女性往往偏好社会地位较高的男性，这是因为古往今来，社会地位总是判断生存资源控制量的最通用的线索，而社会地位所伴随的各种资源，同样也意味着基因繁殖的效率。

康熙皇帝在当时中国男人中的地位和所掌握的资源不言而喻，他共生下 56 个子女，其中 20 个女儿中仅 8 人长大成人，36 个儿子中 20 人长大成人。

康熙皇帝和中国历史上的大多数皇帝在婚育问题上基本一致：结婚早，生育早，自己身体都尚未发育完全，生下的孩子天生缺陷率很高且夭折的也多。康熙首婚时才 11 岁，13 岁就生下了第一个儿子，这个儿子不到 3 岁便夭折了。

与古代皇帝纵向比较，康熙属于长寿者，活到了 69 岁，在位长达 61 年。他曾自言："在位久者，朕为之首。"康熙之后，清代诸帝在位时间没有超过他的。皇帝在位时间长短，是由多种因素决定的，比如登基早晚，比如政局形势，比如寿命长短，等等。因父亲早逝，康熙 8 岁当皇帝，14 岁亲政，典型的政治早熟，少年老成。

康熙有一字留存至今，得到了很高的评价，那便是写给他的祖母——孝庄皇太后的"福"字。这个福字碑现位于北京恭王府秘云洞内，上盖"康熙御笔之宝"。

孝庄聪慧能干，富有谋略，一生历经清初三朝。孝庄竭尽全力巩固了顺治的帝位。顺治驾崩后，孝庄又辅佐康熙。康熙日后曾回忆说："忆自弱龄，早失怙恃，趋承祖母膝下三十余年，鞠养教诲，以至有成。设无祖母太皇太后，断不能有今日成立。"

无论是其先天勤奋好学的推动，还是后天客观形势的逼迫，康熙自身的性格与才干必然是构成其在位时大有作为的重要内因。

康熙的性格才干

康熙于 1654 年生于北京紫禁城景仁宫，其父顺治时年 17 岁，母亲孝康时年 15 岁。“康熙”取万民康宁、天下熙盛之意。

现在人们对康熙的评价较为一致，他勤奋敬业，奋发有为，在他执政时期，中国是世界上幅员最辽阔、经济最富庶、文化最繁荣、国力最强盛的国家，开创了“康乾盛世”的局面。

《鹿鼎记》第五十回也就是小说的最后一回，康熙好像是在问韦小宝，其实是他对自己事业的开创阶段的总结：“我做中国皇帝，虽说不上尧舜禹汤，可是爱惜百姓，励精图治，明朝的皇帝中，有哪一个比我更加好的？现下三藩已平，台湾已取，罗刹国又不敢来犯疆界，从此天下太平，百姓安居乐业。天地会的反贼定要规复朱明，难道百姓们在姓朱的皇帝治下，日子会过得比今日好些吗？”

关于这些问题，历史已经给出了明确的答案，如果说功过留待后人评说的话，那我们就来听听这些评价。

毛泽东说：“康熙三征噶尔丹，团结众蒙古部，把新疆牢牢地守住。他进兵西藏，振兴黄教，尊崇达赖喇嘛，护送六世达赖进藏，打败准噶尔人，为维护西南边疆的统一，迈出了关键性的一步。他进剿台湾，在澎湖激战，完成统一台湾的大业。他在东北收复雅克萨，组织东北各族人民进行抗俄斗争，和沙俄签订《尼布楚条约》，保证我永戍黑龙江，取得了独立自主外交的胜利，为巩固东北边疆做出了重大贡献。”

毛泽东对康熙的认识和评价的意义是其他任何人所不能相提并论的。金庸先生也持此观点，在《鹿鼎记》中对康熙的描写基本上也是如此体现的，他在赴剑桥大学攻读博士学位前接受采访时说：“在中国历史上，什么时候民族大团结了，中国就强大、进步；什么时候大搞阶级斗争，搞民族争斗，中国就羸弱、倒退。”

日本人公开表达对康熙的崇拜，他们精心翻译了康熙的《圣谕十六条》，并敬称康熙为“上国圣人”。

《康熙朝起居注》中也记录了康熙多次评论日本人，他称日本为“倭子国”：“倭子国，最是反复无常之国。其人甚卑贱，不知世上有恩谊，只一味慑于武威……故尔，不得对其有稍许好颜色。”自信强大的康熙早已看透日本的本质，这一点显然金庸先生是了解的，所以《鹿鼎记》中的康熙与韦小宝谈起罗刹国的情况时说“世上有两个国家，出了名的欺善怕恶，一是日本，二是罗刹”。

斯塔夫里阿诺斯在《全球通史》中写道：“康熙有理由这样自信。他统治的大清帝国是世界上最强大、最富庶的国家，就连那些自命不凡的欧洲来访者都不得不承认这一点。”此种评价中西方基本一致。

金庸先生在《金庸作品集》所作新序中坦承：“我初期所写的小说，汉人皇朝的正统观念很强。到了后期，中华民族各族一视同仁的观念成为基调，那是我的历史观比较有了些进步之故。”他在台湾金庸茶馆回答读者提问时说：“在中国皇帝中，我对康熙的评价很高，他不但思想开明，而且很好学，还去学了外国的学问。”

康熙之所以能够得到古今中外诸多肯定与赞誉，除了他能坐上皇帝宝座的“天命使然”或顺应封建王朝的“历史运数”，就一个人的成长而言，他一生取得的成就与他自小勤奋、终身学习、眼界开阔、融会贯通、格局广阔有直接关系。

史载康熙“天表英俊，岳立洪声”，法国传教士白晋说：“他威武雄壮，仪表堂堂，身材高大，举止不凡。他的五官端正，双目炯炯有神，鼻尖略圆而稍显鹰钩状。虽然脸上有一点天花留下的痘痕，但是丝毫不影响他的美好形象。”清人许洽的《眉叟年谱》中有对南巡时康熙形象的白描，虽简略，但可信度高：“予随众瞻仰，见圣容微黑，大鼻三须。”

康熙5岁开始识字读书，勤奋好学的天性很快就展现出来。人们常觉得小孩子勤奋好学并不罕见，实际上中国历朝皇帝儿时勤奋好学的真不多。

《鹿鼎记》中，韦小宝斥退威逼康熙的鳌拜以及后来同康熙用计生擒鳌拜，两次事件的场景都是在上书房，其意也是在突出康熙勤奋读书，时常出入书房，这似乎在暗示读者，勤读好学是康熙建功立业的重要原因之一。

康熙曾谈论自己儿时的学习情况，8岁“学庸训诂，询之左右，求得大意而后愉快。日所读者，必使字字成诵，从来不肯自欺。及四子之书既已通贯，乃读尚书，于典谟训诂之中，体会古帝王孜孜求治意”。由此可见，他觉得学习是快乐的事情，如他自己所言，“读大易，观象玩占，实觉义理悦心”。

康熙并非自夸，史料记载他对“帝王政治，圣贤心学，六经要旨，无不融会贯通”。康熙热爱中国传统文化，同时也对西方文化萌发了兴趣，作为东方帝国的皇帝，他谦虚地向来华传教士请教和学习数学、天文、地理、医学等诸多领域的先进科学知识。

康熙将自己对天文、地理、古生物、动物、植物、医药、哲学等科学文化现象的调查及实验所做的笔记结集成册，名为《康熙几暇格物编》。梁启超在《中国近三百年学术史》中评价康熙：“对于学问，亦有宏纳众流气象。试读他《庭训格言》，便可以窥见一斑了。所以康熙朝学者，没有什么顾忌，对于各种问题，可以自由研究。”

《剑桥中国清代前中期史》中写道：“玄烨是中华帝国历史上最伟大的统治者之一，他的统治时间不仅仅是最长的，而且也是最具有活力的，在中华帝国的历史上更是最复杂的。也许同时他是冷酷而且粗心大意的，在判断的时候会犯错误，但是他拥有敏锐的自我分析能力以及对帝国的使命感，这都标志着他是少有的可以随心所欲地改变人类历史进程的人！而且被众多历史学家（包括中国、日本和西方的史家）所注意的是，康熙的统治可与法国的路易十四以及俄国的彼得大帝相媲美，而他们三人的共同特点标志着前工业时代，传统君主王权的最高阶段。”

《剑桥中国清代前中期史》把康熙和法国国王路易十四以及俄国沙皇彼得大帝相提并论，有其合理性，但也不能完全等同。康熙作为当时世界大国的君主在世界历史中占有一席之地，这一点并不存疑。但任何一个历史人物的评价更应该具有辩证的眼光，鉴于横向比较最能说明特征与问题，我们就以法国国王路易十四与俄国沙皇彼得大帝为例，与康熙皇帝做横向比较，以帮助读者形成一个在当时国际版图上康熙的立体具象。

第三节　康熙与同时期其他大国帝王的比较

康熙皇帝与法国国王路易十四

法国国王路易十四在兰斯加冕的前一个月，康熙刚在东方诞生。路易十四登基的年纪比 8 岁登基的康熙还小 3 岁，他在位 72 年，比中国历史上在位时间最长的皇帝康熙还要长十余年，同时也是世界历史上有确切记录的在位时间最长的皇帝。

《鹿鼎记》中并没有直接提及路易十四，但历史上他与康熙皇帝有着长达几十年的神交与间接联系，这种神交与间接联系得益于航海时代的开启，其中传教士功不可没。

17 世纪起，大航海时代连接了欧洲与亚洲之间的航线，传教士们作为西学东渐的先驱漂洋过海来到中国。那时候的耶稣会传教士普遍认为中国是地球上被治理得最好的帝国。中国的皇帝——作为中国权力的中心——普遍热爱哲学和艺术，并通过一套行之有效的文官制度来管理庞大的帝国。

中国帝王的这种形象一度深入西方社会人心，伏尔泰当时甚至说中国“是世界上唯一一个奖励美德的国家，也是世界上唯一一个能使入侵者采用他们法律的国家”。正是在这种背景下，仅康熙一朝，来自法国的耶稣会传教士就达到50多位。

这里对康熙与路易十四之间的交往做一些浪漫的回顾，以期寻得两人的默契与相似。康熙皇帝爱听曲，尤其是昆曲；路易十四喜欢芭蕾舞，一生中甚至在26部大型芭蕾舞剧中担任主角，并在巴黎创建了世界上第一所皇家芭蕾舞学校。康熙年间，珐琅与青花瓷得到很大发展，他重修了汉族宫殿建筑精华的紫禁城的三大殿，且把宫殿的整体色调逐渐调整为金黄色、赤红色和青蓝碧绿色，形成了鲜明的特色；路易十四亲政第一年就启动了工程浩大的凡尔赛宫修缮工程，使其最终成为欧洲最宏大豪华的宫殿建筑，金碧辉煌，尽显奢华；等等。

路易十四对康熙皇帝的倾慕是主动而热情的，内敛沉稳的中国式帝王康熙虽未示以奔放，但也颇为享受西来的愉悦。比如康熙本来不喜饮酒，但在晚年对传教士所进葡萄酒情有独钟，并说“西洋上品葡萄酒乃大补之物，高年饮此，如婴儿服人乳之力”。台北“故宫”至今仍藏有一件康熙下令江西巡抚郎廷极派家人护送西洋人殷弘绪所进葡萄酒等物的奏折，上有康熙朱批：“此折奏来的甚是，以后你有西洋人有进之物，折子上写明并奏闻。”

路易十四一度在欧洲引领起中国风的时尚热潮。早在康熙九年（1670），路易十四在凡尔赛宫里建造了特列安农瓷屋（中国青花瓷宫），其中包含三座精致靓丽的单层亭子，宫内梁柱墙角与屋顶都贴着五彩缤纷的瓷砖，并以白底蓝花的青花瓷器与豪奢的绸帐流苏装点。西方家具大师安德尔·夏尔莱·布尔转变设计风格，在宫内的诸多角落摆放中国家具，展现出东方文明的厚重与高贵。宫中还有中国的园林设计布置，花木扶疏，曲径通幽，假山伫立，拱桥秀雅。

这是一种强国君王之间“惺惺相惜”的文化气场达成的默契与共鸣，绝非对东方古国的幼稚猎奇。

两位大国君王之间的共鸣当然不仅局限于个人爱好与享受。

康熙二十六年（1687），路易十四专门派出传教的洪若翰、白晋、李明、张诚、刘应五人抵达中国。十年后，也就是康熙三十六年（1697），白晋奉康熙旨意回到法国，并将他在中国的经历撰写成十万字的报告呈递路易十四，后来又将这个报告以《康熙帝传》为名公开出版发行，在西方引起巨大反响。

路易十四派到中国来的使者也带回了无数珍贵的典籍，现在还有 4000 多部珍藏在法国皇家博物馆中。

鱼宏亮研究认为，传教士为路易十四与康熙皇帝架起的这种沟通的桥梁，在多方面对双方产生重要影响。康熙对传教士的关注、信任也促进了天主教在中国各地的传播。

康熙时期，西方耶稣会传教士的策略重点是影响中国上层社会，传教士往往都具备一定科学知识和技能，并以科学传播为沟通交流的媒介。同时，他们对天主教教义的宣扬也充分考虑了中国本土化的问题，将天主教教义融入中国传统儒学体系，在符合中国人根深蒂固的儒家伦理规范的情况下潜移默化地传播。当然，天主教教义与儒家伦理之间不可能完全一样，所以传教士对两者的分歧和冲突都隐而不谈。

罗马教廷派特使多罗和嘉乐两人先后来华，向在中国的西方传教士和中国信众颁布了一系列规定，清廷与罗马教廷的冲突公开化。

清皇权不容任何力量削弱和染指，因而康熙五十九年（1720）下谕："以后不必西洋人在中国行教，禁之可也，免得多事。"

中西方文化交流史上第一次西学东渐浪潮终止，亚欧大陆文化交流进入了一个封闭期。某种程度上是两种文明擦肩而过，颇令人遗憾，但也是两种文明最终朝着不同方向发展的信号。一个多世纪以后，东西方再次打开门户时，时过境迁，已是另外一幅天翻地覆的景象。

在路易十四和康熙皇帝的交流中，还曾有过一个值得注意的小插曲：路易十四曾于康熙二十五年（1686）派出一个使团从陆路经俄罗斯前往中国。当时的俄罗斯坚持任何西方国家使团除非持有所属国官方文书才可从俄罗斯通行，法国使团只好派员返回巴黎办理相关文件。这次，路易十四给康熙皇帝和彼得大帝分别写了一封信，给彼得大帝的信的内容无非是希望给自己派出的使团提供过境便利，而给康熙皇帝的信则颇有意味。

路易十四这封写给康熙皇帝的书信现保存在法国外交部档案处"亚洲记忆与文献特藏"，中译文来自郑如芳，在台北"故宫博物院"《康熙皇帝与太阳王路易十四特展》时，中国人民方得一见，此信全文如下："至高无上、伟大的王子，最亲爱的朋友，愿神以美好成果使您更显尊荣。获知在陛下身边与国度中有许多饱学之士倾力投入欧洲科学，我们在多年前决定派送我们的子民，六位数学家，以为陛下带来我们巴黎城内著名的皇家科学院中最新奇的科学和天文观察新知；但海路之遥不仅分隔您我两国，亦充满意外与危险；因此为了满足陛下，我们计划派送同样是耶稣会士，即我们的数学家们，以及叙利伯爵，以最短与较不危险的陆路途径以便能率先抵达您身边，作为我们崇敬与友谊之表征，且待最忠诚见证者叙利返回之际能发表您一生非凡的作为。为此，愿神以美好的成果使您更显尊荣。1688 年 8 月 7 日写于马利。您最亲爱之好友路易。”

这个由路易十四派出的陆路使团，最终还是因为俄罗斯的阻挠没有如期抵达中国，也就是说，路易十四情真意切的亲笔信并没有递到康熙皇帝手中。

而阻挠路易十四和康熙皇帝这次重要交流的彼得大帝，将构成与康熙皇帝另一种类型的比较。

康熙皇帝与俄国沙皇彼得大帝

《鹿鼎记》中写到韦小宝第一次随苏菲亚公主到莫斯科时，“但见那莫斯科城城墙虽坚厚巨大，却建造得甚为粗糙，远望城中房屋，也颇污秽简陋，别说不能跟北京、扬州这些大城相比，较之中土的中小城市，也远为不及。只几座圆顶尖塔的大教堂倒还宏伟”。韦小宝立刻瞧不起了，心里想：“狗屁罗刹国，什么了不起？拿到我们中国来，这种地方是养牛养猪的。亏这公主一路上还大吹莫斯科的繁华呢。”《尼布楚条约》签订后，回到北京的韦小宝还对康熙说：“北京比莫斯科热闹好玩，跟随皇上办事，又比跟随那两个不中用的罗刹小沙皇，风光多了。”

两个首都之间的比较有根有据，并非空穴来风。后来改变罗刹国落后面貌的恰恰就是韦小宝提到的“两个不中用的罗刹小沙皇”中的彼得，后来也被称作彼得大帝，就是他带领俄罗斯从落后跃升强大。

这次我们收敛浪漫的思绪，回归理性，从两者都取得过举世瞩目的现实成就的相似方面展开叙述，主要挑选三个视角：文化、科技与军事战略。

文化方面的改革。康熙亲政后采取“以汉治汉”的策略，倡导“以文教治天下”，终极目的是巩固政权，毕竟满族入关后取得的成果想要长久保持就必须在意识形态和体制框架方面有上层建筑的规划。彼得则用欧洲文化来更替俄国的旧传统，比如他把俄罗斯的传统服装彻底改成了西欧风格。

科技方面的进步。康熙和彼得都设立了皇家的算学馆或科学院，尤其是俄国的国家科学院绵延至今，依然发挥着促进社会长足发展的重要作用。而清朝的算学馆只是完成了历法编纂等具体的工作后便取消了。康熙自身具有科学的意识和知识，但是他并没有把科学推广到民间。

军事方面的成就。康熙一生功绩斐然，《鹿鼎记》中提到的就有平定三藩之乱、收复台湾、击败准噶尔等。彼得向北欧强国学习，把俄国军队打造成欧洲标准的一流军队，并相应地建立了一整套近代军事制度，从硬件和软件两个方面升级。

两者都倾向于扩张，在位期间国土都比之前有所扩大。康熙执政时期，平定了蒙古和新疆，并收复了台湾。彼得的领土扩张策略是从地域逐渐侵蚀并最终开始世界性的侵略，他反中国的老话“兔子不吃窝边草”而行之，想方设法侵吞俄罗斯周边土地，最终暴露出争夺世界霸权的野心。

然而，战略眼光不是眼下的轰轰烈烈与红红火火那么简单热闹，战略眼光的差异需要一个较长历史时期的检验，并深刻地影响一个国家的未来走向。

康熙皇帝1722年驾崩，彼得大帝仅在这之后三年去世。两人犹如两艘航空母舰的总指挥，失去总指挥的两艘航母在接下来的世界潮流中驶向了截然相反的方向：俄罗斯走上了近代化的快行道；而康熙在世开创的丰功伟绩却无法遮掩他的封建落后，中国与世界工业革命浪潮擦肩而过，迅速衰落成夕阳老人，尤其是后来还被俄罗斯侵略，马克思都不禁慨叹“这真是任何诗人想也不敢想的一种奇异的对联式悲歌”。

两个大国历史走向的不同，原因众说纷纭，我们这里只想从康熙和彼得作为自然人的个体切入分析。前面讲过康熙勤奋好学，在某种程度上可以说是学贯中西，他对西学的学习热情传遍西方世界。例如，发明微积分的德国数学家莱布尼茨赞叹：“现世皇帝康熙就是这么一位空前伟大的君主。……我之所以视他为英明的伟人，因为他把欧洲的东西与中国的东西结合起来了。……在他之前，整个中华帝国境内大概还无人对此有所了解。这样，他以其广博的知识和先见之明远远地超过所有汉人和满人，仿佛在埃及金字塔上又添加了一层欧洲的塔楼。”难耐心潮澎湃的莱布尼茨还提笔写信，这封写给康熙皇帝的信中直接表达了他加入中国国籍的诚意。

就在莱布尼茨盛赞康熙的同一年，也就是1697年夏天，彼得率200余人赴欧考察，他在印章上镌刻着：“我是一名学生，现在前去拜师。”彼得率众访问了欧洲各大强国，全面学习欧洲的法律制度、政治制度、文化制度。彼得有一股子诚挚的热情，考察不是一种姿态，而是一次行之有效的实干，比如荷兰当时拥有欧洲一流的造船中心，彼得就在船厂学习先进的造船技术，与大家一道，撸起袖子，亲力亲为。历时两年的欧洲游历与学习，打开了彼得的眼界，也坚定了他的信念和眺望的方向。返回俄国后，彼得又精挑细选出年轻好学的俄罗斯人去东欧考察学习。联想到前面我们提到路易十四也曾派遣使者到中国来，但是没有看到康熙礼尚往来地派员去法国，更别提去当时诸多正在崛起的发达国家观察和学习，这不可谓不是一种莫大的嘲讽。

学习决定命运，能决定一个人的命运，也能决定一个国家的命运。如果说康熙的学习丰富了他个人的知识结构、提高了他个人的综合素质、增长了他个人的执政能力，那彼得的学习在他的基础上还提高了许多俄国人的综合素质、丰富了整个俄国的知识结构、增长了整个俄国体制全面进步的能力。

这就是两位勤奋好学的君主在学习观上的差别，没错，是学习观。在红墙黄瓦的深宫里，聪颖的康熙只是为了满足自己的兴趣爱好而沉醉于西学的海洋中时，彼得已走出高大宏伟的宫殿，不辞辛苦地远走欧洲寻找国家的出路，他既有姿态，又有实效，全面重构了俄罗斯的精神与体制。

一个是封建王朝的灿烂余晖，一个是帝国主义的清新晨光。我们不能完全责怪康熙的“狭隘”，他有他的历史局限，更有被一种庞大的、不易察觉的、无所不在的传统理念和氛围裹挟的无奈。

梁启超、邵力子等人对康熙没有那么宽容，直言其“窒塞民智”。确实，康熙学习过数学、天文学、地理学和医学，但目的不是倡导科学，我们可以从他请传教士的目的中窥见他的真实想法。

传教士张诚的日记中对康熙不准传教士在有汉人和蒙人的衙门

里翻译任何科学文献有所记载。康熙请传教士监理钦天监，实质上是为了“窒塞”中西科学技术的交流和传播。席宗泽院士在论证这个观点的时候曾举过一个小例子：“北京的故宫中就有上百架望远镜，多为康乾盛世所收藏。但是，康熙防备望远镜的扩散。康熙命令传教士不要去做望远镜。望远镜只能是御用，所以，观象台上反而没有望远镜。清宫中御用的天文仪器比天文观象台上的仪器多得多。整个清朝发表星表都是以没有望远镜的实测数据为根据的。那还能不落后？康熙是怕仪器一经拿出宫外，就会有汉人复制、改进，满族统治集团就不能垄断了。”

这种观点在对康熙和彼得执政的两个大国后来走向上的比较时也得到了进一步的证明。

《鹿鼎记》第三十六回描写的是韦小宝在莫斯科如何协助苏菲亚公主夺取执政权。金庸先生写道：“苏菲亚的父亲阿莱克修斯·米海洛维支沙皇娶过两位皇后。第一位皇后子女甚多，前皇西奥图三世和苏菲亚公主都是她所生，另有个小儿子叫做伊凡。第二位皇后娜达丽亚年轻得多，只生了一个儿子，便是彼得。”

韦小宝给苏菲亚出主意，使其取得了阶段性胜利。苏菲亚入驻克里姆林宫后却依然无法掌权，“原来罗刹国向来规矩，女子不能做沙皇。皇太后娜达丽亚虽然已死，仍有大批将军拥戴小沙皇彼得，坚决不肯废了他”。“连日来克里姆林宫中会议，王公大臣分为两派，一派拥戴苏菲亚，一派拥戴彼得，争持不决。拥戴沙皇彼得的，都是手握实权的将军大臣，生怕女沙皇登位，另行任用新人当权；而拥戴苏菲亚的，则是一批不得意的贵族和商人，只盼新主上台，自己有油水好捞。”

韦小宝想到顺治小时候的权力都在摄政王多尔衮手中，便跟苏菲亚说："你不能做女沙皇，就先做摄政王。""苏菲亚大喜，命人去请弟弟伊凡到来，又将小沙皇彼得从酒窖中放了出来，两人并为大小沙皇。她自己坐在两个弟弟的下首，百官奏事，升赏黜陟，都由摄政女王裁决。其时伊凡十六岁，彼得十岁，年幼识浅，一切全听姊姊的主张。"

苏菲亚主政末期，也就是康熙二十八年（1689），与清朝签订了《尼布楚条约》，条约俄方落款是"俄罗斯国统治大俄、小俄、白俄暨东、西、北各方疆土世袭独裁天佑君主约翰·阿列克歇耶维赤及彼得·阿列克歇耶维赤"，不久，彼得亲政。"俄罗斯"也是从这时起成为大清帝国对这个北方邻国的正式称呼，至今未变。苏菲亚又在十年后密谋乘彼得在国外之机复权，但彼得及时赶回平乱。苏菲亚被令正式为尼，六年后去世。

清代史学家赵翼在《檐曝杂记》一书的"俄罗斯"条中写道："康熙中，圣祖尝遣侍卫托硕至彼定边界事。托硕美须眉，为女主所宠，凡三年始得归。所定十八条，皆从枕席上订盟，至今犹遵守不变。"此段记载与韦小宝和苏菲亚的情路历程何其相似！

第二章 八旗制与加官晋爵的规制

第一节　八旗制

八旗制的创立与功能

谈有清一代的政治问题，就不能不谈八旗制。

清朝是中国历史上蒙古族建立的元朝之后又一个由少数民族——满族——建立的大一统王朝，从统治时间的长度比较，元朝统治持续了接近 100 年，清朝统治持续了将近 300 年，这是中国历史上少数民族建立的王朝政权中最长的。

清军入关时兵数不过 20 余万，连同随军家属和仆从等也没有超过 100 万。不安全感从一开始就是清统治者的心病和先天不足，但他们出人意料地迅速建立起了对全国持久而稳固的统治，这不得不令人刮目相看。在诸多复杂的原因之中，其八旗制的效用显得格外突出，广被研究者关注。

史景迁在《曹寅与康熙——一个皇室宠宦的生涯揭秘》中写道："八旗制是军事和民事的双重控制手段：普通士兵登记在旗，他们的家庭也是如此；军事纪律与广泛的平民登记结合起来；士兵耕种土地的收入维持全旗人员的衣食所需。满族史学家将八旗制的起源定于1601年，当时努尔哈赤把士兵组织为三百人一牛录，这就是后来汉语中称为佐领的原型。1615年确定了用不同颜色的旗帜区分军队的方式：共有八旗，即正黄、正白、正红、正蓝、镶黄、镶白、镶红、镶蓝。”

研究清初历史的姚念慈教授在接受采访时总结道：“努尔哈赤所建立的政权，我界定为以父权为核心，以家族制为其外壳的奴隶制国家。满族社会的基本社会关系是以满族为统治民族，而以大量被掳掠而来的异族为奴隶。奴隶大众无法进入政治上层，政治史的主要内容是汗权与八旗的关系。由于汗权没有强大的经济基础，故将许多重要的国家职能转移到八旗制上，类似‘共天下’，所以我称满族政权为八旗制国家。其基本社会关系和国家特征，到皇太极时期仍然维持不变。但皇太极缺乏父权制的权源，不得不扭转其父实行的蒙古化方向，转而采纳汉制，在八旗满蒙汉的基础上试图建立皇权政治。”

历史学家孟森在《清史讲义》第四章开篇写道：“清一代自认为满洲国，而满洲人又自别为旗人，盖即以满为清之本国，满人无不在旗，则国之中容一八旗，即中国之中涵一满洲国，未尝一日与混合也。然自清入中国二百六十七年有余，中国之人无有能言八旗真相者。既易代后，又可以无所顾忌，一研八旗之所由来，即论史学亦是重大知识，然而今尚无有也。盖今始创为之。”

《鹿鼎记》中处处闪现八旗制度的影子，譬如八部隐藏着大清秘密的《四十二章经》就归属于各旗，而金庸先生在小说中并无解释的意愿，当然这也与大众对八旗制度耳熟能详有关，但其实真正能说出所以然的人寥寥无几，甚至许多误解也时常存在。“浅之乎视八旗者，以为是清之一种兵制，如《清史稿》以八旗入《兵志》是也。”“八旗者，太祖所定之国体也。一国尽隶于八旗，以八和硕贝勒为旗主，旗下人谓之属人，属人对旗主有君臣之分。八贝勒分治其国，无一定君主，由八家公推一人为首长，如八家意有不合，即可易之。此太祖之口定宪法。其国体假借名之，可曰联邦制，实则联旗制耳。太宗以来，苦心变革，渐抑制旗主之权，且逐次变革各旗之主，使不能据一旗以有主之名，使各旗属人不能于皇帝之外复认本人之有主。”

无论是哪种观点和论断，都得从八旗制度的由来、努尔哈赤为创立八旗制者切入。

努尔哈赤和皇太极不断扩张，势力增强，他们先是把蒙古族人编入旗内，由八旗统管，这就是八旗蒙古的来历。皇太极进一步改造之前努尔哈赤对汉人的政策，也就是不再将被征服地区的汉人归八旗统管，这就是八旗汉军的来历。

康熙对汉族政策的表述很多，比如他多次强调“满汉皆朕之臣子”“满汉一体”；再比如他为了吸引那些因为缺乏民族认同感而归隐山林的读书人，明确提出“在朝大小官员，皆是朕心中信任之人，各官都要进谏、奏本，切勿推脱责任”，满族与汉族及其他各族彼此逐渐融合。

八旗按照军种或职责不同而设有步军营、前锋营、骁骑营等常规营伍，还设立了火器营、虎枪营等特殊营伍，以上营伍有的在《鹿鼎记》的不同场合中时有出现，韦小宝也常率领八旗营伍外出办事。

八旗军中还有外国人，最著名的就是俄罗斯人。中俄发生边界战争，清军先后俘虏和接纳投降俄军 100 多人，其中一半人被押解到北京。康熙将这些俄罗斯军人编入镶黄旗，享受清政府发给的住房、耕地和粮饷，并允许他们与中国女子通婚。这些俄罗斯八旗军聚居在北京东直门内胡家圈胡同，他们定居中国后，绝大多数改姓罗、杜、姚、何、贺等中国姓。

这段史实在《鹿鼎记》中也被借用。在描写韦小宝攻打雅克萨城大获全胜后，“命罗刹兵穿戴清兵衣帽，派一名参将带领两千清兵，押解降兵到北京去向皇帝献俘”。“终康熙之世，这两队罗刹兵一直在清军中服役，忠心不贰，外国使臣前来北京，见到中国皇帝役使罗刹官兵，无不心中敬畏。直到众罗刹兵逐渐老死，‘俄罗斯佐领’的编制方始裁撤。”

上三旗与下五旗

清军入关前，皇太极亲自统领的是正黄旗、镶黄旗、正蓝旗，因为是皇帝的亲兵，这三旗被称为“上三旗”；余下的“下五旗”则是正红旗、镶红旗、镶白旗、正白旗、镶蓝旗，分别由皇亲贵族掌管，分驻各地。清朝入关后，多尔衮政治地位迅速上升，作为当时政权的实际掌握者，他将自己所领的正白旗纳入上三旗，而将正蓝旗降入下五旗，此后未再变动；多尔衮死后，顺治自然接管了正白旗的统领权。

《鹿鼎记》中还讲到一段上三旗中的镶黄旗与正白旗之间的矛盾。“鳌拜是镶黄旗的旗主，苏克萨哈是正白旗的旗主，两旗为了争夺良田美地，势成水火。苏克萨哈给鳌拜害死后，正白旗所属的很多财产田地为镶黄旗所并，现下正白旗众大臣求皇帝发还原主。”康熙当时的态度是：“镶黄旗是上三旗之一，鳌拜虽然有罪，不能让全旗受到牵累。咱们什么事都得公公道道。”

除了苏克萨哈，在书中还出现过一个戏份较多的正白旗人物，就是多隆。《鹿鼎记》中介绍：“多隆是满洲正白旗的军官，进关之时曾立下不少战功，武功也甚了得，但一直受鳌拜的排挤，在官场中很不得意，最近鳌拜倒了下来，才给康熙提升为御前侍卫总管，掌管乾清门、中和殿、太和殿各处宿卫。”

《鹿鼎记》中多次出现上三旗的情节，例如康熙派韦小宝去少林寺宣旨，出发前说：“现下我升你的官，任你为骁骑营正黄旗副都统，那是正二品的大官了。你本是汉人，我赐你为满洲人，咱们这叫做‘入满洲抬旗’。正黄旗是皇帝亲将的旗兵，骁骑营更是皇帝的亲兵。”

再比如，小说中提到保护顺治的行颠和尚“昔年是正黄旗大将，进关时身经百战，深知行军打仗之法，后来才做顺治的御前侍卫总管”。康熙还曾“派来镶黄旗汉军都统一等公佟国纲”协助韦小宝与罗刹国谈判。“佟国纲的父亲佟图赖，是康熙之母孝康皇后的父亲，乃是汉人，因此康熙的血统是半满半汉。佟图赖此时已死，佟国纲袭封为一等公。佟图赖早年在关外便归附满清，属镶黄旗，佟氏改为佟佳氏，军功甚著，名气很大。”

这里需要特殊关注的是康熙赐韦小宝“入满洲抬旗”。“入满洲”相当于康熙特许韦小宝加入自己的民族，成为同族人；“抬旗”则提升旗籍以提高韦小宝的出身。抬旗，一个“抬”字显现出地位的提高，这种提高方式包括将包衣汉姓改变为八旗汉军，还包括由八旗汉军改变为八旗满洲。抬旗实际上是八旗内部人事关系的微调，对制度本身没有什么影响，但对于韦小宝这样的个体而言则意义重大。封建社会是身份社会，身份从下至上的流动或许没有比它更快的了。

《鹿鼎记》中提到的下五旗的情节基本上都与《四十二章经》有关。康亲王对韦小宝道："当年咱们满清进关之后，每一旗旗主，先帝都赐了一佛经。我是正红旗旗主，也蒙恩赐一部。"因为康亲王遗失了《四十二章经》，康熙又前来索要，他不知该怎么办，只好跟韦小宝交底。

还有一次韦小宝听说御前侍卫副总管瑞栋要侍卫们去办事，就警惕地问什么事，张康年道："是宗人府的镶红旗统领和察博，听说是得罪了太后。瑞副总管把他捉来后，逼他缴了一部经书出来，后来在他嘴上、鼻上贴了桑皮纸，就这么活生生地闷死了他。"

康熙曾经向正蓝旗旗主富登问过《四十二章经》的下落。宫女陶红英之所以知道《四十二章经》的秘密，是因为"那镶蓝旗旗主有一天喝醉了，向他小福晋"泄露的，而且她的"太师父在镶蓝旗主府中盗经，和几个神龙教弟子激战"。

康熙能赐韦小宝"入满洲抬旗"可谓天恩浩荡，毕竟韦小宝在官场中不过是一个小太监出身。在韦小宝的协助下拿下鳌拜，第一次立下功劳后，康熙心想："可惜他是个太监，不论我怎么提拔，他也总是个太监。祖宗定下规矩，不许太监干政，看来只有多赏他些银子了。"康熙心里想到的这个"祖宗定下的规矩"就是针对太监立下的规矩，我们后面有专门的章节详解。

第二节　爵位与官阶

清朝的爵位

古代东西方都有爵位，功能也都类似，一方面区分社会地位和出身贵贱，一方面是褒奖功勋。韦小宝时常被称为“韦爵爷”，这个“爵爷”就是他的爵位。

中国清朝爵位有三个系统：一是宗室爵位，二是异姓功臣爵位，三是蒙古爵位。宗室爵位其实就是宗室觉罗世爵，共计 12 等，每等又细分若干级，掌于宗人府，只授予爱新觉罗氏族人，也就是说这是皇室独享。蒙古爵位则是按照宗室爵位例，在保留原有的蒙古尊号的前提下，又在亲王之上设立汗号，世袭罔替。异姓功臣爵位当然是封给异姓功臣的，分为九等，公、侯、伯、子、男等。

先来看看《鹿鼎记》中提到的四个亲王，一个是海大富出手帮忙的“郑王爷”，一个是顺治和董鄂妃生下三个月就夭折的儿子“和硕荣亲王”，一个是“平西王吴三桂”，还有一个就是“康亲王杰书”。前面三个亲王比较特殊，郑王爷从未出现过，荣亲王则是前所未有的百天夭折却被封为亲王的，不具有代表性，另一个平西亲王并非宗室，吴三桂我们会有专门的章节再讲。这里单独讲讲康亲王。

清代六大亲王分别为：努尔哈赤时期的礼亲王代善，皇太极时期的睿亲王多尔衮，顺治时期的安亲王岳乐，康熙时期的康亲王杰书，雍正时期的怡亲王胤祥，咸丰、同治、光绪时期的恭亲王奕䜣。由此可见，康亲王杰书的地位多么高。

历史上的康亲王杰书与《鹿鼎记》中所描写的不同，并非趋炎附势、胆小怕事、吃喝玩乐、碌碌无为之辈。

杰书在顺治年间已被晋升为亲王，康熙年间平三藩之乱时，杰书临危受命，他先把耿精忠打得无力抵挡，被迫投降，又马不停蹄横扫盘踞在金门、厦门一带的台湾郑经，彻底平定了东南各地。杰书凯旋回京时，康熙亲自到卢沟桥迎接，殊荣之至，显赫至极。

《鹿鼎记》中的故事没有什么与蒙古爵位有关的，所以我们直接从异姓功臣爵位晋升的奇迹——韦小宝谈起吧。谈之前我们不得不提醒各位，清朝晋升爵位的层级复杂程度远超常人想象。

爵位可分为九级，从高到低依次是公爵（超品）、侯爵（超品）、伯爵（超品）、子爵（正一品）、男爵（正二品）、轻车都尉（正三品），以上爵位均分一等、二等、三等共三个等级；骑都尉（正四品）、云骑尉（正五品）和恩骑尉（正七品）。除恩骑尉外，所有爵位的晋爵都是以云骑尉为基础的。获得两个云骑尉，就晋爵为骑都尉；骑都尉再加封一个云骑尉，就为骑都尉兼一云骑尉；骑都尉再加封两个云骑尉，就晋爵为三等轻车都尉；一等轻车都尉再加封一个云骑尉，就为一等轻车都尉兼一云骑尉；一等轻车都尉再加封两个云骑尉，就晋爵为三等男爵。依此类推，一直晋升到一等公。如此这般，功臣爵位实际分为 27 个级别：一、二、三等公爵；一等侯爵兼一云骑尉，一、二、三等侯爵；一等伯爵兼一云骑尉，一、二、三等伯爵；一等子爵兼一云骑尉，一、二、三等子爵；一等男爵兼一云骑尉，一、二、三等男爵；一等轻车都尉兼一云骑尉，一、二、三等轻车都尉；骑都尉兼一云骑尉、骑都尉；云骑尉；恩骑尉。

虽然让人看得眼花缭乱，但是细想也很容易理解，这不过是简单的计算问题。下面我们来看韦小宝的晋爵轨迹。

韦小宝无意中救出了真太后，康熙道：“你官已做得不小了，今日再封你一个爵位。我大清有公侯伯子男五等爵位，太后的恩典，封你一等子爵。”也就是从这时候起，韦小宝开始被称作“韦爵爷”，他是从爵位中的第四梯队的子爵开始爵位晋升的。

韦小宝在通吃岛上时，康熙差了赵良栋前来颁旨，“韦小宝晋爵一级，封为二等通吃伯”。皇宫中长大的建宁公主愤愤不平道：“皇帝哥哥真要升你的官爵，从三等伯升为二等伯就是了，哪有什么‘二等通吃伯’的道理。咱们大清只有昭信伯、威毅伯，要不然就是襄勤伯、承恩伯，你本来是三等忠勇伯，那就挺好，这‘通吃伯’三字，明明是取笑人。”

平定三藩后，孙思克来岛上宣旨，“康熙论功行赏，以二等通吃伯韦小宝举荐大将，建立殊勋，甚可嘉尚，特晋爵为一等通吃伯”。

收复台湾后，施琅又来岛上宣旨。“康熙论功行赏，以施琅当年闲居北京不用，得韦小宝保荐而立此大功，特此升韦小宝为二等通吃侯。”施琅跟韦小宝说自己也加官晋爵了，韦小宝才恍然大悟：“我本来是一等通吃伯，升一级是三等通吃侯，小皇帝却连升我两级，原来要我盖过了施琅，免得大家都做三等侯，滋味不大好。”

签订《尼布楚条约》回来，“皇帝温言奖勉，下诏韦小宝晋爵为一等鹿鼎公”，韦小宝的异姓爵位也就到巅峰了。后来建宁公主道：“你还只做到公爵，怎么就想不做官了？总得封了王，做了首辅大学士，出将入相，那才好告老啊。”

《鹿鼎记》中能做到公爵的人只有四位，除了韦小宝，还有“以军功而封公爵”的鳌拜，再就是投降以后被封一等公的郑克塽，还有一位则很容易被读者忽略，那就是黄梧。书中写道：“这位黄大人，本来也是国姓爷麾下的，职居总兵，他归顺朝廷后，官运亨通，逝世之时，已封到一等海澄公。”当时韦小宝就脱口而出：“这黄梧有什么拍皇上马屁的妙策，一下子就封到公爵？本事可不小哇！这法儿咱们可得琢磨琢磨，好生学学。”以韦小宝的经验判断，爵位晋升得高，功劳只是一个参考因素，关键还是得看是否讨得皇帝的欢心。

如果说韦小宝的爵位晋升算得上是坐火箭的话，那么施琅的爵位晋升至少也得是坐高铁。当时在北京，施琅见韦小宝时还说：“韦大人是一等子爵，爵位比卑职高得多。”等到收复台湾到通吃岛接韦小宝时，则得意道：“蒙皇上恩典，赐卑职为三等靖海侯。”由此可见，施琅在收复台湾过程中爵位晋升的速度极快，如果不是康熙照顾韦小宝的感受，连当年晋爵速度犹如火箭的韦爵爷也要被比了下去。

讲到这里，我们还要明确——爵位与官阶并非一回事。比如康熙让韦小宝考虑如何剿灭王屋派，韦小宝想去广东请吴六奇，但时间来不及，“盘算半晌，北京城里出名的武将倒是不少，但大都是满洲大官，不是已经封公封侯，就是将军提督，自己小小一个都统，指挥他们不动。他爵位已封到伯爵，在满清职官制度，子爵已是一品，伯爵以上，列入超品，比之大学士、尚书的品秩还高。但那是虚衔，虽然尊贵，却无实权。他小小年纪，想要名臣勇将听命于己，可就不易了”。这就涉及清朝的官阶问题了。

清朝的官阶

钱穆有一段只有中国人才能看明白的精准断言：“西方社会有阶级，无流品。中国社会则有流品，无阶级。这也是双方社会一大区别。直到今天，流品观念在中国人脑里还很深。譬如教书人，是一种行业，衙门里办公文做师爷的也是一种行业，但行业与行业之间，却显分清浊高下，这便是流品观念在作祟。又譬如文官武官，一样是个官，官阶品位尽相等，但在流品观念下，则文官武官又显然有分别。这是中国社会独特的传统，西方人不易理解此分别的。若要把流品二字翻成西方名词也无法翻，只有中国人脑筋里才懂得。譬如唱戏也是一职业，然而在中国人脑筋里，唱戏的自成一流。这一流，那一流，各自有品，等级不同。种田的、读书的，也同样是职业，而在我们脑筋里，除开职业，却夹有另一观念，这就是所谓的流品。”

作为西方人的黑格尔则论断，“在中国，实际上人人是绝对平等的；所有的一切差别，都和行政连带发生”，这与钱穆的另外一个观点几乎一样：“若要讲平等，中国人最平等。若要讲自由，中国人也最自由。孙中山先生看此情形再透彻没有了。然而正因为太过平等自由了，就不能有力量。平等了里面还有一个关键，就是该谁来管政治呢？政府终是高高在上的。社会平等，什么人该爬上来当官掌权呢？中国传统政治，规定只许读书人可以出来问政，读书人经过考试合格就可做官。读书人大都来自农村，他纵做了官，他的儿孙未必仍做官，于是别的家庭又起来了，穷苦发奋的人又出了头，这办法是好的。不过积久了，读书人愈来愈多，做官人也愈来愈多，因为政权是开放的，社会上聪明才智之士都想去走做官这条路，工商业就被人看不起。西方社会就不同，起先根本不让你做官，实际纵使封建贵族，也没有所谓官。于是社会上聪明才智之人都去经营工商业，待他们自己有了力量，才结合着争政权。这就形成了今天的西方社会。中国很早就奖励读书人，所谓学而优则仕，聪明人都读书，读了书就想做官去，所以使中国政治表现出一种臃肿的毛病。好像一个人身上无用的脂肪太多了，变肥胖了，这不是件好事。但这现象，直到今天，还是扭转不过来。”

其实都是对中国官本位观念的一语破的。卫三畏的《中国总论》则将其这个观点更具体化：“就政权的独特性而言，中国社会是如此均一，但经常遇到多种多样的不平等，有的来自出身或财产，有的来自职业或功罪，但是大部分来自官阶。”

我们可以用两个标准把清朝官员各分为两类：以是否在京城为标准，分成京官和外吏；以文武为标准，分为文官和武官。若把这两个标准交叉，则可分为四类官员：文职京官、武职京官、文职外吏、武职外吏。

“九品十八级”，即使不关注历史的人，看清宫剧多了也耳熟能详，譬如周星驰主演的电影《九品芝麻官》。这是清朝官员等级的划分，也是中国封建社会官制中最系统和最完善的，“九品”中的每品都有正从之别，不在十八级以内的则叫作未入流，在级别上附于从九品。

大家如有兴趣，可在网上一一查到清朝的官阶。如此这般，《鹿鼎记》中出现的林林总总的大小官员的地位高低也就可以自行对照，一目了然，不必一一赘言。

第三章 透过韦小宝管窥清初太监的生存状态

第一节　太监的产生与清初对太监的控制

太监的产生

世界各地的古代文明中，很多都曾用阉割过的男人作为宫廷内侍。英文中“太监”（eunuch）一词是由希腊文“守床人”转变而成，顾名思义，宦官在中外都是为了保护后宫女性贞节、皇族血统纯正而设。

而恰恰是中央集权帝国的宫廷，才能提供一个让这些人获得巨大政治影响力和无穷财富的环境和可能。

中央集权帝国，确切地讲，在中国的封建帝国，掌握文化知识的文人士人在经过长时间的学习与多重考核后，可以通过国家的选拔进入政府部门，而一些缺少进入学校等教育机构和考试系统的低阶层个人选择了其他的途径来获得财富和社会地位，其中之一就是把当太监作为一种职业选择。

在中国，“太监”本为官名，唐高宗以宦官充任太监、少监的官职，其中地位较高的被称为“太监”，此后宦官便都沿用“太监”的称谓，清朝则以“太监”加诸所有宦官，“宦官”与“太监”成为现在通常理解上的同义词。

太监权势在中国历史上的壮大有缘有故。

唐中后期以来，文官所代表的阶层势力逐渐壮大，和很多人认为的相反，中国中央朝廷的实际情况是皇权越来越受限制。中国的文官制度在明代已经发展到顶峰，皇帝为了制约文官，便开始依靠宦官集团，因为这个群体能满足皇帝了解信息的政治需求和对人的接触的自然社会需要。

从太监本身来看，一方面要解决生计问题，这个并不难，但要获得更高的地位的话，只能是利用旁人难以有效利用的资源——皇帝。太监和皇帝的亲密关系往往从童年时期就开始建立，这是皇帝信任太监的天然因素。譬如，明朝万历皇帝和太监冯保之间的亲密联系就是在万历童年时期建立起来的，再比如《鹿鼎记》中的康熙和韦小宝。

康熙曾说："明朝平时太监等专政，人主不出听政，大臣官员俱畏惧太监，以致误事。此辈性情与常人异，只足备宫中使令耳。天下大权唯一人操之，不可旁落，岂容假之此辈乎。"康熙对韦小宝这个假太监倒是有情有义，但也绝非任由其无法无天。

清初对太监的控制

《鹿鼎记》中有这样一个细节，受到康熙宠爱的韦小宝被提拔做了太监里的头目后还时常跑出宫去，但他心中有数，"违禁外宿，罪名可是不小"。

还有一个情节，康熙得知自己的父亲在五台山出家，便考虑让韦小宝代自己去照顾父亲，他说："我大清的规矩，太监不能出京，除非是随我同去。好在你本来不是太监……还是做侍卫吧。"于是提笔写道："敕令御前侍卫副总管钦赐穿黄马褂韦小宝前赴五台山一带公干，各省文武官员受命调遣，钦此。"

康熙跟韦小宝说的"规矩"有迹可循。顺治十二年（1655）六月，顺治皇帝为警告后世子孙铭记以前历朝太监干政的教训，特意定制了一块铁牌，高达134厘米，宽70厘米，厚6.5厘米，立于交泰殿前。其中第一句就是"谕内院：凡系内员，非奉差遣，不许擅出皇城"。

有清一朝以史为鉴，对于太监非常警惕，其制度设计有利于预防和避免出现太监干政的情况。本章开篇讲的清朝八旗制实际上是把整个旗人集团（包括汉军、蒙古八旗）和最高统治集团利益捆绑在一起，把汉族文官集团的势力和实力降到最小，如此一来，清朝的皇帝就大可不必像明代汉族皇帝那样倚重宦官集团去制约和抗衡文官集团了。

第二节　太监的分工与等级

《鹿鼎记》中，海大富死后，皇太后颁下懿旨，让韦小宝升任“尚膳监副总管太监的职司”，皇太后又因韦小宝擒拿鳌拜，论功行赏：“海大富海监是五品，赏你个六品的品级，升为首领太监，就在皇上身边侍候好了！”清初规定，宦官归内务府管辖，具体由敬事房管理，升迁降调由内务府移文吏部决定。

《鹿鼎记》中还写道：“清宫定例，宫中总管太监共十四人，副总管太监八人，首领太监一百八十九人，普通太监则无定额，清初千余人，自后增至二千余人。有职司的太监最高四品，最低八品，普通太监则无品级。韦小宝从无品级的太监一跃而升为六品，在宫中算得是少有的恩宠了。”

这段话大致符合史实，只是时间上存在问题。康熙六十一年（1722），也就是康熙离世前才给太监授级，确定五品总管一人，同级太监三人，六品两人；雍正时期才有“太监不得越四品”的规定。显然，金庸先生曲笔把雍正时期的规定提前到了康熙年间。后来制度成熟，几成定式，也就是清朝宫内的各领头太监都按制授予品级，按等级分为大总管、副总管、带班首领、御前太监、殿上太监和小太监。

第三节　太监谋私现象

清承明制，但对许多制度依然做了调整，其中就包括太监制度。清朝把对太监的管理权统一上收到由上三旗包衣组成的内务府。也就是说，清朝的太监就是伺候人的奴仆，既没有事权，也没有财权。所谓总管太监、首领太监，只不过是统领太监们从事服务工作。

在封建社会只要靠近权力和金钱的人，即使不掌握权钱，也总会想方设法捞取一些好处，可谓是“靠山吃山，靠水吃水”。比如《鹿鼎记》中天地会的钱老本，其掩护身份是“北城钱兴隆肉庄的钱老板”，他给宫里供奉猪肉时，还要给太监们送银票，“供奉宫中猪羊牛肉、鸡鱼蔬菜的商人，平时都给回扣，向有定例”。

韦小宝让大家把银票分了，“各人摊分起来，岂不是小小一注横财？那承值太监却想，桂公公口说不要，只不过在外人面前摆摆架子，他是头儿，岂能当真省得了的？待会摊分之时，自须仍将最大的份儿给他留着”，以中国人的人情常识，这个细节非常真实。

韦小宝分管的御厨房里的太监基本工资微薄，可正经是个肥差，宫中采购食材的环节可以拿到许多回扣，这种所谓的潜规则早已成为公开的定例，太监吃着回扣的同时还要在上报的采购价上加码，是不是感觉这种情形十分常见？

见微知著，遍布全国的内务府特供机构，都是打着伺候皇上的幌子，偷偷地捞自己的好处。各种各样的特供源源不断，皇帝一个人享用的数量连九牛一毛都算不上。

第四节　太监借势与其影响力

太监借势

韦小宝还没进宫，就领教了太监的势力。他跟着茅十八刚到北京城，在一个小饭馆吃饭时遇到海大富和小桂子，这个小桂子是真的小太监，韦小宝就是冒名顶替他的。

当时，茅十八与郑王府中的布库动手，后被海大富制伏。布库们按海大富的要求把茅十八和韦小宝捆绑起来塞进轿子送进宫。进宫遇到各种盘查，“韦小宝不知尚膳监是什么东西，但那海老公似乎颇有权势，只一提他的名头，轿子便通行无阻”。人送到后，布库道：“咱们回去禀告郑王爷，王爷必定派人来谢海老公。”真的小桂子道：“是了，你说海老公向王爷请安。”布库回道：“不敢当。”

郑王爷其实是和硕郑献亲王爱新觉罗·济尔哈朗，顺治时加封叔和硕郑亲王，康熙登基前已经死了。我们暂且不论郑王爷的死活，只是看他王府里的布库都对海大富毕恭毕敬，就可见宫里的大太监在宫外的影响力非同寻常，要知道郑王爷可比韦小宝后来做到的最高爵位“鹿鼎公”还要高啊！

有的人本身自带影响力，有的人无论是自身能力还是社会地位都按常规没有影响力，当他们还要发挥影响力时，那就得借势了。专制社会制度下，借势基本上可以与趋炎附势等量齐观。

潘洪钢认为有影响力的人身边的人为害至巨，他发现清礼亲王昭梿著《啸亭杂录》卷九上就回忆了家族祖上在康熙时期一个叫张凤阳的豪横奴才。说是王府奴仆，但这个张凤阳可以交接王公大臣，当时著名的索额图、明珠、高士奇请客，张凤阳都能成为座上客。六部职司、衙门事务，他都能插得上手，势力极大。当时京中谚语说："要做官，问索三；要讲情，问老明；其任之暂与长，问张凤阳。"把这个王府家奴与当朝大员索额图、明珠相提并论。

一次，张凤阳在郊外路边休息，有个外省督抚手下的车队路过，喝令张凤阳让路，张斜眯着眼说："什么齷齪官，也敢有这么大的威风。"后来，不出一个月，这个高官果然被罢免。

这个张凤阳不过是礼亲王身边的人，都可以与索额图和明珠结交，那韦小宝作为皇帝身边的人影响力自然不可小觑。在中国封建王朝，趋炎附势中的"炎"与"势"的最高级是谁呢？当然是皇帝，那围绕在皇帝身边的人被高看也就成了常理。

《鹿鼎记》中写到康熙擒拿鳌拜后，"四名小监宣召康亲王和索额图进来"，沟通完后，"康亲王和索额图在寝宫外数百步处便已告辞。皇宫的内院，除了后妃公主、太监宫女之外，外臣向来不得涉足"。康熙对韦小宝说："小桂子，跟我去见皇太后。"

这个情节的描述极为简略，流露出的信息量却极大：一是康亲王和索额图是康熙最信得过的大臣；二是即使是康熙最信得过的大臣也不能进入内宫；三是韦小宝之前作为一个没有品级的小太监，却因为在皇帝身边能很容易地接触到皇太后。

由此可见，即使是对太监格外警惕、禁止太监干政的清初，也杜绝不了以皇权为核心的社会中的个人运动轨迹的趋势与规律。

太监的影响力

太监对其他官员的影响力很大，可谓不是高官的高官。我们就以索额图为例，看看皇帝最信任的大臣如何结交皇帝宠信的太监。

擒拿鳌拜后，康熙第一时间宣来的就是索额图和康亲王。书中写道："索额图的父亲索尼，是康熙初立时的四名顾命大臣之首。索尼死后，索额图升为吏部侍郎，其时鳌拜专横，索额图不敢与抗，辞去吏部侍郎之职，改充一等侍卫。康熙知他和鳌拜素来不睦，因此这次特加重用。"

索额图当时在书房里"细细打量小桂子"，说道："小公公，你今日护驾之功，可当真不小啊。"这个时候，他已经动了一根弦，开始用心观察和揣摩韦小宝了。

康熙命索额图去抄鳌拜的家，并让韦小宝跟随，"索额图眼见小桂子是皇上跟前十分得宠的小太监，这次救驾擒奸，立有大功"，他心念一转："是了，皇上要给他些好处。鳌拜当权多年，家中的金银财宝自是不计其数。皇上派我去抄他的家，那是最大的肥缺。这件事我毫无功劳，为什么要挑我发财？皇上叫小桂子陪我去，取佛经为名，监视是实。抄鳌拜的家，这小太监是正使，我索某人是副使。这中间的过节倘若弄错了，那就有大大不便。"

两人来到宫门外，索额图的随从牵了马来，索额图让韦小宝先上马，“心想这小太监只怕不会骑马，倒要照料着他些，别摔坏了他”。我们都明白中国长幼尊卑有序的道理，这时候的索额图无论是年纪还是官阶都比韦小宝不知高了多少。

抄鳌拜府时，随行人员报告发现藏宝库时，“索额图携着韦小宝的手，走进鳌拜卧室”，这就开始赤裸裸地肉麻起来，并献殷勤道：“鳌拜最好的宝物，一定都藏在这洞里。桂公公，你便在这里挑心爱的物事，包管错不了。”甚至连“咱哥儿俩”如何如何都叫上了。

这时，韦小宝的感觉和态度也开始转变：“自从得到康熙的眷顾，宫中不论什么人见到他，都是恭谨异常。他以一个十三四岁的小孩，平生又怎受过这样的尊敬？眼见索额图在鳌拜府中威风八面，文武官员见到了，尽皆战战兢兢，可是这人对自己却如此客气，不由得大为受用。”索额图攀附韦小宝的手段在韦小宝的眼中是那么热情与自然，甚至是那么令人感动和感慨。

索额图在如此短的时间里，就能让韦小宝对自己的亲切感迅速提升，金庸先生在这里的描写是《鹿鼎记》中对官场关系的多幕精华的第一幕，我们必须原文引用，细细品读：

> 索额图笑道：“桂公公说哪里话来？皇上差咱哥儿俩一起办事，你的事就是我的，哪里还分什么彼此？我如不当桂公公是自己人，这番话也不敢随便出口了。”韦小宝道：“你是朝中大官，我……我只是个小……小太监，怎么能跟你当自己人？”
>
> 索额图向屋中众官挥了挥手，道：“你们到外边侍候。”

众官员躬身道："是，是！"都退了出去。

索额图拉着韦小宝的手，说道："桂公公，千万别说这样的话，你如瞧得起我索某，咱二人今日就拜了把子，结为兄弟如何？"这两句话说得甚是恳切。

韦小宝吃了一惊，道："我……我跟你结拜？怎……怎配得上啊？"

索额图道："桂兄弟，你再说这种话，那分明是损我了。不知什么缘故，我跟你一见就十分投缘。咱哥儿俩就到佛堂之中去结拜了，以后就当真犹如亲兄弟一般，你和我谁也别说出去，只要不让别人知道，又打什么紧了？"紧紧握着韦小宝的手，眼光中满是热切之色。

原来索额图极是热中，眼见鳌拜已倒，朝中掌权大臣要尽行更换，这次皇上对自己神态甚善，看来指日就能高升。在朝中为官，若要得宠，自须明白皇帝的脾气心情，这小太监朝夕和皇帝在一起，只要他能在御前替自己说几句好话，便已受益无穷。就算不说好话，只要将皇帝喜欢什么，讨厌什么，想干什么事，平时多多透露，自己办起事来自然事半功倍，正中皇帝的下怀。他生长于官宦之家，父亲索尼是顾命大臣之首，素知"揣摩上意"是做大官的唯一诀窍，而最难的也就是这一件。眼前正有一个良机，只要能将这个小太监好好笼络住了，日后飞黄腾达，封侯拜相，均非难事，是以灵机一动，要和他结拜。

韦小宝虽然机伶，毕竟于朝政官场中这一套半点不懂，只道这个大官当真喜欢自己，不由暗自得意，说道："这个……这个，我可真想不到。"索额图拉着他手，道："来，来，来！

咱哥儿俩到佛堂去。”

满洲人崇信佛教，文武大臣府中均有佛堂。两人来到佛堂之中。索额图点着了香，拉韦小宝一同在佛像前跪下，拜了几拜，说道：“弟子索额图，今日与……与……与……”转头道：“桂兄弟，你大号叫什么？一直没请教，真是荒唐。”韦小宝道：“我叫小桂子。”索额图微笑道：“你尊姓是桂，是不是？大号不知怎么称呼？”韦小宝道：“我……我……我叫桂小宝。”索额图笑道：“好名字，好名字。你原是人中之宝！”韦小宝心想：“在扬州时，人家都叫我‘小宝这小乌龟’，小宝这名字，又有什么好了？”

只听索额图道：“弟子索额图，今日和桂小宝桂兄弟义结金兰，此后有福共享，有难同当。不愿同年同月同日生，但愿同年同月同日死，弟子若不顾义气，天诛地灭，永世无出头之日。”说着又磕下头去，拜罢，说道：“兄弟，你也拜佛立誓罢！”

韦小宝心道：“你年纪比我大得多了，如果我当真跟你同年同月同日死，那可太也吃亏了。”一转念间，已有了主意，心想：“我反正不是桂小宝，胡说一通，怕什么了？”于是在佛像前磕了头，朗声道：“弟子桂小宝，一向是在皇帝宫里做小太监的，人人都叫小桂子，和索额图大人索老哥结为兄弟，有福共享，有难同当。不愿同年同月同日生，但愿同月同月同日死。如果小桂子不顾义气，小桂子天诛地灭，小桂子死后打入十八层地狱，给牛头马面捉住了，一千年、一万年不得超生。”

他将一切灾祸全都要小桂子去承受，又接连说了两个“同月”，将“但愿同年同月同日死”说成了“但愿同月同月同日死”，顺口说得极快，索额图也没听出其中花样。韦小宝心想：“跟你同月同日死，那也不打紧。你如是三月初三死的，我在一百年之后三月初三归天，也不吃亏了。”至于他说小桂子死后打入十八层地狱，千万年不得超生，却是他心中真愿。小桂子是他所杀，鬼魂若来报仇，可不是玩的，如在地狱中给牛头马面紧紧捉住，他韦小宝在阳世自然就太平得很。

索额图听他说完，两人对拜了八拜，一同站起身来，哈哈大笑。索额图笑道：“兄弟，你我已是拜把子的弟兄，那比亲兄弟还要亲热十倍。今后要哥哥帮你做什么事，尽管开口，不用客气。”韦小宝笑道：“那还用说？我自出娘肚子以来，就不懂‘客气’二字是什么意思。大哥，什么叫做‘客气’？”两人又相对大笑。

索额图道：“兄弟，咱二人拜把子这回事，可不能跟旁人说，免得旁人防着咱们。照朝廷规矩，我们做外臣的，可不能跟你兄弟做内官的太过亲热。咱们只要自己心里有数，也就是了。”韦小宝道：“对，对！哑子吃馄饨，心里有数。”

索额图见他精乖伶俐，点头知尾，更是欢喜，说道：“兄弟，在旁人面前，我还是叫你桂公公，你就叫我索大人。过几天你到我家里来，做哥哥的陪你喝酒听戏，咱兄弟俩好好的乐一下子。”

韦小宝大喜，他酒是不大会喝，“听戏”两字一入耳中，可比什么都喜欢，拍手笑道：“妙极，妙极！我最爱听戏。你说是哪一天？”扬州盐商起居豪奢，每逢娶妇嫁女、生子做寿，往往连做几日戏。韦小宝碰到这些日子，自然是在戏台前钻进钻出的赶热闹、看白戏。人家是喜庆好日子，也不会认真对付他这等小无赖，往往还请他吃一碗饭，饭上高高的堆上几块大肉。至于迎神赛会，更有许多不同班子唱戏。一提到“听戏”两字，当真心花怒放。

索额图道：“兄弟既然喜欢，我时时请你。只要哪一天兄弟有空，你尽管吩咐好了。”韦小宝道：“就是明天怎样？”索额图道：“好极！明天酉时，我在宫门外等你。”韦小宝道：“我出宫来不打紧吗？”索额图道：“当然不打紧。白天你侍候皇上，一到傍晚，谁也管不着你了。你已升为首领太监，在皇上跟前大红大紫，又有谁敢来管你？”

怎么样？厉不厉害？索额图简直把中国封建官场中典型的官员形象演绎得淋漓尽致。

索额图偷偷与韦小宝拜把子，他还担心韦小宝不懂事，特意叮嘱二人拜把子这回事不能跟旁人说，要知道，《大清律例》可是白纸黑字地将此明文禁绝，严肃地将之归入“谋叛”一节：“凡异姓人歃血订盟，焚表结拜弟兄，不分人数多寡，照谋叛未行律，为首者，拟绞监候。其无歃血盟誓焚表事情，止结拜弟兄，为首者，杖一百；为从者，各减一等。”

明知是罪，明知故犯，自然是有更大的利益驱动之。其时，清代官场上拜把子风气盛行，清代李绿园创作的长篇小说《歧路灯》中写道：“如今世上结拜的朋友，官场上不过是势力上讲究，民间不过在酒肉上取齐。若是正经朋友，早已就不换帖了。”

这就是他看到的皇帝身边的得宠太监的价值，也就是他父亲索尼告诉他的“揣摩上意”的不二法宝。了解索尼的读者自然也会明白，那可真是个老戏骨。索额图不过是学了些皮毛，要么就是没掌握精髓，要么就是之前演练得得心应手而过于自负，否则就不会出现后来因参与皇太子之争被圈禁宗人府，最后因饥馑而死的可悲下场了。

关于康亲王与韦小宝的交往基本上都遵循这个套路，其他林林总总的各级官员对待韦小宝的恭敬态度，与其说是尊重这位韦爵爷，不如说是畏惧或渴望韦爵爷身后的那个至高无上的人。这一切，在官场圈子里都是“潜规则”。

小小年纪却悟性颇高的韦小宝，在康亲王府聚会时很快顿悟了这里面的套路与玄机，他是从自己与人赌博时总无缘无故赢而顿悟的：“为什么要故意输给我？自然因为我在皇上跟前有面子，大家盼我为他们说好话。就算不说好话，至少也不捣他们的蛋。”

第五节 “伪太监”的价值与实质

“太监”这一身份，是韦小宝政治生涯“得道高升”的敲门砖。

如果当年韦小宝不是阴错阳差地取代“小桂子”这个小太监的身份，他就没有机会遇到童年的康熙，更不会得到康熙的信赖。

“伪太监”的身份给韦小宝开启了人生轨迹的另外一种可能，这种轨迹貌似风光无限，甚至称得上是轰轰烈烈，但学者胡河清认为：“《鹿鼎记》中充满了隐喻。韦小宝在书中充当了伪太监的现实角色，而他的情感生活和生命状况也恰如‘伪太监’这三个字一样充满着一种被阉割的‘辩证’，呈现出一种古怪的人格分裂状态。”

“伪太监”的暗喻影射的是许多人为求得财色权欲望的满足，不惜切割自身的灵魂与生命意义。如果我们能够透过韦小宝的“情感”经历，或者说透过“艳遇”与“艳福”的吵闹喧哗，则有可能看到金庸先生背后的嘲讽。胡河清判断韦小宝生理上是“伪太监”，但实际上已经是人之天性情感丧失殆尽的“真太监”了，他认为这种悖论式的生存状态也是中国封建社会官场中的通病。

官场性爱体验常常成为权力上升运动的衍生品。封建王朝皇帝三宫六院七十二嫔妃，达官贵人妻妾成群，再常见不过。而韦小宝娶了七个老婆，其实是一种占有欲的体现。因为在《鹿鼎记》中的现实政治环境中，韦小宝可谓“一人之下，万人之上”，对女性的占有数量自然也成为权势地位的象征和潜台词。为了最大限度地满足自己的虚荣心和占有欲，韦小宝不择手段，对女性可谓软硬兼施，威逼利诱。

其实，在两性关系中把追求数量设置为炫耀资本的目的，往往会适得其反，因为把政治权术应用到两性关系中，必然会导致生命体验的质量下降。彻底男权主义的两性关系，上钩的女性往往精神素质低下、依附感特别强烈。这就决定了政治环境中几乎不可能诞生以平等的情感交流为前提的浪漫史。

当然，韦小宝作为生理上的“伪太监”也好，感情世界上的“真太监”也罢，都给我们创造了一个观察清初围绕权力旋转的群体的真实状态的视角。

第四章　围绕权力旋转的群体关系

第一节　京官的工作情况和私生活

京官的工作情况

在中国封建王朝，只要有皇帝在的地方，基本上都得算是官员的工作场所。这个道理很简单，天下都是皇帝的，官员们都是皇帝的奴才，职位高低不论，都是一个人的终身打工者。“明主治吏不治民”，韦小宝之所以能为康熙所倚重，恰恰说明对于皇帝而言，臣子道德品质的高低并不是最重要的，最重要的是要对自己绝对忠诚。

《鹿鼎记》中出现过两次高层次的工作场景，这两次场景一方面深刻地反映了清初朝廷的廷议与仪式的规定，另一方面也真实再现了君臣的本质与职责。

一次是廷议三藩的问题，“康熙召集众王公大臣，在太和殿上商议军国大事。韦小宝虽然连升了数级，在朝廷中还是官小职微，本无资格上太和殿参与议政。康熙下了特旨，说他曾奉使云南，知悉吴藩内情，钦命陪驾议政。小皇帝居中坐于龙椅，亲王、郡王、贝勒、贝子、大学士、尚书等大臣分班站立，韦小宝站在诸人之末”。

诸王公大臣传阅奏章后，有主动发言的，还有回答皇帝提问的，参与廷议的人员按照说话顺序有康亲王、保和殿大学士卫周祚、文华殿大学士对喀纳、户部尚书米思翰、大学士杜立德、索额图、大学士图海。以上官员都反对撤藩，韦小宝大急，就在这时候他遇到了在官场中最钦佩的一个人，这个人就是兵部尚书明珠。

明珠道："圣上天纵聪明，高瞻远瞩，见事比臣子们高上百倍。奴才想来想去，撤藩有撤的好处，不撤也有不撤的好处，心中好生委决不下，接连几天睡不着觉。后来忽然想到一件事，登时放心，昨晚就睡得着了。原来奴才心想，皇上思虑周详，算无遗策，满朝奴才们所想到的事情，早已一一都在皇上的料中。奴才们想到的计策，再高也高不过皇上的指点。奴才只须听皇上的吩咐办事，皇上怎么说，奴才们就死心塌地、勇往直前的去办，最后定然大吉大利，万事如意。"

听到这里，从不谦虚的韦小宝都是佩服至极，他暗想："满朝文武，做官的本事谁也及不上这家伙。此人马屁功夫十分到家，老子得拜他为师才是。这家伙日后飞黄腾达，功名富贵不可限量。"果然，此时"康熙微微一笑"，含义不言而喻。

明珠磕头继续道："圣上明鉴：奴才这不是歌功颂德，的的确确是实情。自从兵部得知三藩有不稳的讯息，奴才日夜耽心，思索如何应付，万一要用兵，又如何调兵遣将，方有必胜之道，总是要让主子不操半点心才是。可是想来想去，实在主子太圣明，而奴才们太脓包，我们苦思焦虑而得的方策，万不及皇上随随便便的出个主意。圣天子是天上紫微星下凡，自不是奴才这种凡夫俗子能及得上。因此奴才心想，只要皇上吩咐下来，就必定是好的。就算奴才们一时不明白，只要用心干去，到后来终于会恍然大悟的。”

明珠表态后，其他大臣的反应是什么样的呢？一方面“心中都暗暗骂他无耻，当众谄谀，无所不用其极”，另一方面“也只得随声附和”。官场的虚伪被刻画得入木三分。

还有一次高规格的工作场景则是康熙封韦小宝为三等鹿鼎公、抚远大将军，并派他统带水陆三军，出征罗刹，攻打雅克萨城。此事涉及外交和军事，也就是说对大清国的尊严地位和安全稳定都极其重要，所以开拔仪式规格很高，基本展现出了清朝最高规格公务活动安排的精华。

“钦天监择定了黄道吉日，大军北征。是日康熙在太和门赐宴。午门外具卤簿，陛下张黄幄，设御座，陈敕印，王公百官会集。康熙升座。抚远大将军鹿鼎公韦小宝率出征官朋春、萨布素、郎坦、林兴珠等，运粮官素额图等上前跪倒。内院大臣奉宣满蒙汉三体敕书，授大将军敕印，颁赐衣马弓刀。出征将官分坐金水桥北，左右奏乐，陈百戏。康熙命大将军进御前，面授方略，亲赐御酒。大将军跪受叩饮，都统、副都统等继进，皇帝命侍卫赐饮，然后命百官遍饮众军，赐金钱布匹。百官众军谢恩，大军开拔。康熙亲送出午门。大将军及众官跪请回驾。然后水陆大军首途北征。”

原文中需要关注的重点是“黄道吉日”“赐宴”“宣满蒙汉三体敕书”“奏乐”“叩饮”“赐饮”这些程序规制性细节，展现皇家威仪与朝廷庄严。

于水山教授认为明清时期，所有的政治仪式都是按着南北轴线在紫禁城展开的，这是一个等级化的封闭空间。从《大驾卤簿图》《康熙南巡图》等画卷中，我们可以看到皇帝出行、回朝、大婚时的一些仪式。这些皇家仪式，都是按照南北轴线摆开的，从永定门、正阳门，到午门，到故宫，南北轴线也被一个一个建筑分割为一段一段的，等级性非常强。

其中蕴含的意义在于清朝皇帝是以上皇家仪式的核心参与者，同时，他也是仪式本身的核心部分。福柯在《规训与惩罚》一书中提出了全视监狱设计空间的理论，将这一理论应用到清朝的礼仪制度中，我们可以把皇帝和其他人都归于被观察者，而观察者只有一个——天，这就是老话说的："人在做，天在看。"

许多人说中国是一个过于形式主义的国家，其实是他们混淆了形式和形式主义这两个概念。并非所有的形式都是形式主义，形式主义的极致往往还呈现出一种审美。

京官的私生活

清初京官私生活里的重头戏就是应酬，这也是中国官场一直以来最常见和最主要的交际方式。

官场的应酬表现形式很多，有宴客、送往迎来、馈送上司等。官场陋习往往是上行下效，京官的私生活如果不检点，这风气自然早晚蔓延全国各地。宴客应酬的目的在于"以吃会友""借酒深入"。

清朝官场，饕餮奢华，以宴请为形式的社交应酬之风大涨，有的官员"大宴会则无月无之，小应酬则无日无之"。酒食之局，席面愈丰，靡费甚巨。尤其是政治中心的北京，权贵人士终日宾客盈门，宴客自然非常频繁，京城里许多大宅府邸门口总是车水马龙，甚至途为之塞。宴客不仅使关系亲密者更加亲密，也使原本关系甚疏者增进了感情。

清朝官场社交与应酬可谓是一门学问，名目众多，繁文缛节层出不穷，在当时的官场环境中，不懂得宴请应酬之道还想升官的几乎没有。甚至有“闲官忙做”之谣，嘲讽有的官员“专以期会应酬为职志，其勤勉冠于同仁”，实际反映了整个官场都忙于应酬的状态。

《鹿鼎记》中写官员之间应酬的情节极多，但其中有个描写可谓集官员宴客细节之大成，就是康亲王邀请韦小宝“到王府喝酒听戏”，各级官员粉墨登场，生动展现了当时京官私下交往关系的状态，其中满含玄机。

当时，康亲王先于门口迎接，“身子半蹲，抱住韦小宝的腰”，亲热地恭维：“桂兄弟，多日不见，你可长得越来越高、越来越俊了。”然后他“携了韦小宝的手，并肩走进”。“韦小宝大乐，他在皇宫中虽得人奉承，毕竟只是个太监，哪有此刻和王爷携手并行的风光？”

康亲王携韦小宝入府，“到得中门，两个满洲大官迎了出来，一个是新任领内侍卫大臣多隆，通常称之为侍卫总管的，另一个便是他的结拜哥哥索额图。……四人一踏进大厅，廊下的吹打手便奏起乐来。……到得二厅，厅中二十几名官员都已站在天井中迎接，都是尚书、侍郎、将军、御营亲军统领等等大官。索额图一一给他引见”。还有当时权倾一时的“吴三桂的儿子吴应熊闻风而来”。

我们看到在王府里宴请，场合气派而且私密。来者都是官员，应该是一个圈子里的人，都有一定级别，按照九品十八级都可找到一席之地。

官场中，座次是区别尊卑的重要形式，官高的尊居上位，官低的卑处下位。宴饮座次礼仪是中国饮食文化中的重要部分，实际上也是官场座次在生活场景中的延伸。

“吴应熊是远客，又是平西王世子，康亲王推他坐了首席，请韦小宝坐次席。席上大官甚多，尚书将军，个个爵高位尊，韦小宝虽然狂妄，这次席却也不敢坐，连声推辞。”康亲王将他“按入椅中”，理由是“你是皇上身边之人，大家敬重你，那也是忠爱皇上的一番忠心”。“索额图这时已升了国史馆大学士，官位在诸人之首，便坐在了韦小宝身边，其余文武大官按品级、官职高下，依次而坐。”

除了某些时候特殊的政治斗争或目的需要，一般官员间的宴会都是在一派祥和中进行的。大家都是场面上的人，都是希望通过宴饮，达到结交新友、融洽关系、增进情谊、沟通合作的效果。

康亲王作为这次宴会的主办方，无论是从受邀请出席人员的层次和覆盖面，还是从戏班子的助兴演出，无不面面俱到，显示出他深谙此道，游刃有余。

韦小宝是康亲王本次宴会中最重要的受邀贵宾，吴应熊则是“闻风而来”。小说中写到“吴三桂派在北京城里的耳目众多，京城中有何大小动静，每天都有急足持信，前往昆明禀报”。“吴应熊这次奉父命来京朝觐天子，大携财物，贿赂大臣，最大的用意，是在察看康熙的性格为人，以及他手下重用的亲信大臣是何等样人物。”

吴应熊到场之前，索额图还对韦小宝暗授机宜如何敲竹杠：“吴三桂差儿子来进贡，朝中大官，个个都不落空。”“你是宫里的大官，那比朝中大官可威风得多了。吴三桂的儿子吴应熊精明能干，懂事得很。”“待会吴应熊不论送你什么重礼，你都不可露出喜欢的模样，只淡淡的说：‘世子来到北京，一路上可辛苦了。’他如见你喜欢，那便没了下文。你神色冷淡，他定然当你嫌礼物轻了，明天又会重重的补上一份。”

如果说吴应熊是清廷留在北京的人质的话，那他也是吴三桂在北京的卧底。吴三桂比吴应熊老练得多，攀缘人情也更是自然，比如他在昆明第一次见到韦小宝，笑问：“韦爵爷是扬州人吗？”韦小宝道：“正是。”吴三桂笑道：“那就更加好了。小王寄籍辽东，原籍扬州高邮。咱们真正是一家人哪。”

这种乡谊的攀缘至今在中国依然盛行，随处可见的同乡会便是异曲同工的例证。韦小宝作为赐婚使，一路送建宁公主去云南的沿途和在云南与地方各级官员还有密切的接触，这就是我们下面要讲的京官与外吏之间的关系的内容了。

第二节　京官与外吏的关系

韦小宝接到康熙让他去清凉寺当住持的密旨前，假公济私，命张康年和赵齐贤密查阿珂和阿琪的来历，书中写道："御前侍卫要查什么案子，普天下官府都奉命差遣，如此雷厉风行地追查，岂有找不到线索之理？"

康熙时特设御前大臣和御前侍卫、乾清门侍卫职务，没有固定的员额和等级限制，由皇帝亲自选授，其升迁调补途径比其他人员要宽得多，成为满洲贵族官僚子弟不必通过考试而获得高官厚禄的一条终南捷径。

比如韦小宝救得顺治后，康熙大喜道："韦小宝，正式升你为骁骑营正黄旗都统，仍兼御前侍卫副总管。察尔珠，你大喇嘛做得好，回京之后，派你到外省去做提督。"韦小宝倒是无所谓，"察尔珠却十分欢喜，京中大官极多，骁骑营都统不过得皇帝亲信，但是骁骑营一营，八旗各有一个都统，便有八个都统，见到亲王贝勒、贝子公侯，都得屈膝请安，除了饷银之外，又没什么油水，一放到外省去做提督，头上没人管束，自由自在，那可威风八面、财源广进了”。

某种程度上，御前侍卫查的案子，“普天下官府都奉命差遣”。可见外吏对京官之尊重和敬畏，但从察尔珠非常期待从御前侍卫派到外省去做提督来看，又从另一个方面显示了京官更多的是面子上的好处，就是察尔珠理解的“除了饷银之外，又没什么油水”。而外吏很多时候会有真正的实惠，“那可威风八面、财源广进了”。

康熙五年（1666），康熙也像中国历代封建王朝的皇帝一样，多次下谕强调各级政府部门秉公清廉，他直陈：“今督抚公然收受州县官馈送物，视为常例。更有甚者，尔等居然将不同的州县分成上、下等，按等级收受贿赂。州县官吏为取悦上官，加派民间，以致百姓困穷。”可见外吏敛财的实际情况和民间疾苦。

“朝中有人好做官”“大树底下好乘凉”，非常形象地说明了京官对外吏的实际意义。京官对朝廷的风吹草动较为掌握，相对外吏，占有了信息不对称的优势，再加之大多位高权重，在某种程度上还掌握着任免、参撤官员等权力。外吏为获取官场信息并得到京官的额外照应，以保证自身仕途通达无阻，自然会以钱财向京官馈赠疏通。京官和外吏可谓是互通有无，各取所需。

这并不只是官员之间的利益关系问题那么表面，康熙作为清朝的皇帝之一，实际上一直在加剧京官和外吏的权力与利益差异，根源在于中国封建王朝始终在加强中央集权，清朝更是登峰造极，这也是钱穆在《中国历代政治得失》中所分析的：“当知中国政治上的中央集权，地方没落，已经有它显著的历史趋势，而且为期已不短。地方官一天天没有地位，地方政治也一天天没有起色，全部政治归属到中央，这不是一好现象。”

《鹿鼎记》中描写京官与外吏关系的情节有两处，可谓“官场现形记”之精华：一处是写韦小宝衣锦还乡回扬州，与地方各级官员的交际往来与应酬，这里更多的是刻画外吏面对“上头来的人”时的方式与态度；还有一处是写施琅作为外吏，主动与京官结交，最终借势上位，并立功而加官晋爵，勾画出一条极为真实和通畅的外吏上升渠道。

韦小宝衣锦还乡回扬州时，“沿途官员迎送，贿赂从丰。韦小宝自然来者不拒，迤逦南下，行李日重”。“两江总督麻勒吉、江宁巡抚马佑以下，布政使、按察使、学政、淮扬道、粮道、河工道、扬州府知府、江都县知县以及各级武官，早已得讯，迎出数里之外。”此后更是“总督、巡抚设宴，布政司、按察司设宴、诸道设宴，自是陈列方丈，罗列珍馐，极尽豪奢”。

“这一日是扬州府知府吴之荣设宴，为钦差洗尘。吴之荣从道台那里听到，钦差曾有以禅智寺为行辕之意，心想禅智寺的精华，不过是寺前一个芍药圃，钦差大人属意该寺，必是喜欢赏花。他善于逢迎，早于数日之前，便在芍药圃畔搭了一个花棚，是命高手匠人以不去皮的松树搭成，树上枝叶一仍如旧，棚内桌椅皆用天然树石，棚内种满花木青草，再以竹节引水，流转棚周，淙淙有声，端的是极见巧思，饮宴其间，便如是置身山野一般，比之富贵人家雕梁玉砌的华堂，又是别有一般风味。”当然，吴之荣的造作并不合韦小宝的口味，反而弄巧成拙。

但在这次外吏对韦小宝这位重量级京官的逢迎中，有一个人还是含蓄地脱颖而出，这个人就是扬州布政司慕天颜。

这是一个很容易被读者忽略的官场高手，只因他太有文化了。

必须要单独指出这位官场人才的难得之处：一听钦差大人不喜欢和尚，立即引经据典地找出了一个诋毁和尚的故事，继而以“四相簪花宴”的典故，奉承韦小宝是“有勇有谋的英雄好汉”，并考据出韦氏祖上是“唐朝的忠武王韦皋，曾大破吐蕃兵四十八万，威震西陲”。除此以外，他还有更厉害的表现。

慕天颜不仅有文化，政治敏锐度也极高。“慕天颜平日用心揣摩朝廷动向，日前见到邸报，皇上下了撤藩的旨意，便料到吴三桂要倒大霉，这时见韦小宝脸色略变，更是心中雪亮。”他前瞻性地道出：“韦大人是皇上亲手提拔的大臣，乃圣上心腹之寄，朝廷柱石，国家栋梁。平西王目下虽然官高爵尊，终究是不能跟韦大人比的。”

慕天颜在突出自己的同时，也不忘恭维在现场直接的上司。“慕天颜便夸赞巡抚的政绩，他揣摩康熙的性情，尽拣马佑如何勤政爱民、宣教德化的事来说，其中九成倒是假的。只听得马佑笑得嘴也合不拢来。接着慕天颜也说了几件自己得意的政绩，虽言辞简略，却都是十分实在的功劳。”

慕天颜最厉害的是没有忘记不在场的直接上司，即总督麻勒吉。韦小宝说要向皇上请功时，慕天颜说道：“总督麻大人回去了江宁，钦差大臣回奏圣上之时，最好也请给麻大人说几句好话。”韦小宝道：“很好。说好话又不用本钱。”总督虽然不在场，但毕竟是上官，表功之时，领导优先，这条原则最重要。

这是何等厉害的人物，马屁拍得都如此游刃有余、雅俗共赏、进退自如、文采含蓄，官场所有利害关系考虑得点滴不漏。马屁高手韦小宝的感受则是：“这官儿既有学问，又有口才，会说故事，讨人欢喜。要是叫他到北京办事，时时听他说说故事，不强似说书先生吗？这人天生是马屁大王，取个名儿叫慕天颜，摆明了想朝见皇上。”

历史也是按照这个逻辑发展的。慕天颜作为一个真实的历史人物，各级上司皆对他满意，后来也的确得见康熙皇帝，仕途顺遂。

康熙九年（1670），慕天颜授为江苏布政使，他的前任移交全省财政库银总计1.8万两。慕天颜上任后，适逢用兵之际，开销巨大，但是到他离任时，库存银近130万两，账目清晰。康熙嘉奖说：“苏、松财赋浩繁，向来挪垫混淆，慕天颜任布政使后，实心任事，竭力清厘，有俾国计，朕甚嘉焉，据奏交代贮库帑金丰裕，款项洁清，以后各布政使交代时，应照此式，详明缮册，具题尔部，一并定例议奏。”

慕天颜的不断升迁，既有做人方面的长处，也有做事方面的业绩，但当时体制内的他很多时候也不能免俗。在他做到巡抚时就有一段逸事记载在《清稗类钞》中。有个县令叫陆清献，为人刚正。时任巡抚慕天颜过生日时，下属官员争相献纳奇珍异宝，唯恐礼物不丰厚。只有陆清献，从袖中拿出一匹布、两双鞋，说：“此非取诸民者，为公寿。”慕天颜笑了笑，却没有收下。没过多久，陆清献就因小事而被罢了官。

韦小宝遇到的这些外吏如此尽心使力，不外乎有利益诉求，这就是历朝历代形成的一种利益输送与利益反哺的关系模式。前提是外吏捞到了好处，才有条件和实力巴结京官。“贿赂从丰”的前提是有钱可捞，外吏接地气，刮地三尺也能刮出银子来。自己的一亩三分地，自己说了算，设宴“极尽豪奢”也说明了这个问题。

外吏在当地接待京官毕竟是少之又少的机会，而且对于京官，

“主场作战”才更有底气，因此外吏到北京来给京官送礼才是两个群体关系最常见和最真实的表现。谈到这里，施琅就是非常典型的例子。

书中写到当时的背景是：“施琅自从给康熙召来北京之后，只见到皇帝一次，从此便在北京投闲置散，做的官仍是福建水师提督，爵位仍是靖海将军，但在北京领一份干饷，无职无权，比之顺天府衙门中一个小小公差的威势尚不如，以他如此雄心勃勃的汉子，自然是坐困愁城，犹似热锅上蚂蚁一般。这三年之中，他过不了几天便到兵部去打个转。送礼运动，钱是花得不少，历年来宦囊所积，都已填在北京官场这无底洞里，但皇帝既不再召见，回任福建的上谕也不知何年何月才拿得到手。到得后来，兵部衙门一听到施琅的名字就头痛，他手头已紧，没钱送礼，谁也不再理他。”

这个时候，施琅傍上了皇帝身边第一红人韦小宝。后来回看，两人应该也算是互相成就。我们先来看主动出击的施琅。

“索大人、韦大人，卑职施琅参见。”韦小宝还礼笑道：“不敢当。你是将军，我只是个小小都统，怎地行起这个礼来？”施琅恭敬地道：“韦大人如此谦下，令人好生佩服。韦大人是一等子爵，爵位比卑职高得多，何况韦大人少年早发，封公封侯，那是指日之间的事，不出十年，韦大人必定封王。”韦小宝大笑，说道：“倘若真有这一日，那要多谢你的金口了。”

外吏即使官阶高于京官，也要自觉地降低身份。谦虚是应该的，逢迎拍马则是必需的，就如同当时在现场的索额图调侃的那样：“老施，在北京这几年，可学会了油嘴滑舌啦，再不像初来北京之时，动不动就得罪人。”“你什么都学乖了，居然知道韦大人是皇上驾前第一位红官儿，走他的门路，可胜于去求恳十位百位王公大臣。”

施琅当然带了见面礼，“盒里是一只白玉碗，碗中刻着几行字。玉碗纯净温润，玉质极佳，刻工也甚精致”。那几行字刻着韦小宝的名讳，还有“加官晋爵”“眷晚生施琅敬赠”字样。当时怀才不遇的施琅真是“玉在椟中求善价，钗于奁内待时飞”。

攻下台湾后，“康熙论功行赏，以施琅当年闲居北京不用，得韦小宝保荐而立此大功，特升韦小宝为二等通吃侯，加太子太保衔，长子韦虎头荫一等轻车都尉”。如果说韦小宝这个意外之喜是金庸先生文学创作出来的话，那施琅在历史上还有一个康熙亲笔创造出来的意外之喜，那就是康熙御赐他的诗：“岛屿全军入，沧溟一战收。降帆来蜃市，露布彻龙楼。上将能宣力，奇功本伐谋。伏波名共美，南纪尽安流。”

第三节　政治无间道与告密者

社会政治土壤

傅路德考证:“在1644年加入清廷,并在18世纪编纂的《贰臣传》中有传的50名高级官员中，大部分都是京都的旧官僚。”许多历史研究者都发现了这点，并认为这对后来官场生态的影响巨大。如果说贪腐是职业道德堕落的一种，那人性丑恶的爆发则是更大的堕落。

魏斐德认为：“中央的低级部门与地方政府中的下级官吏，几乎都是清朝占领该地后随即投顺了的那种人。帝国官僚机器的行政职员如此迅速地转而效忠新主，大大促进了清朝早期政府的巩固。但从长远来看，这也给新政权带来了更大的麻烦。尽人皆知，在那些下层官僚身上，集中了古代政权的众多弊端劣迹。你只要随便指出一位吏员，那他就准是一名贪赃枉法之徒。”

可见清初顺降官员的品德十分令人怀疑，其群体数量又如此巨大，必然形成某种不堪的风气。《鹿鼎记》中塑造的几个无间道者便诞生于这样的历史环境中。

“无间道”这个词在现代社会的流行源于香港系列电影《无间

道》，民间对它的理解往往受香港电影的影响而认为就是卧底的意思。这种理解并非有误，但是流于肤浅。

钱穆讲过："我们讲政治制度，有一些确实是制度，有一些则只能叫作事件或法术。制度指政而言，法术只是些事情或手段；不好说是政治。大抵制度是出之于公的，在公的用心下形成的一些度量分寸是制度。而法术则出之于私，因此没有一定恰好的节限。所谓方法与权术，二者之间，当然又不能仔细分。而且一个制度之成立，也当然有许多复杂关系，总不免夹带有当时一些私意的。要说建立一制度，而绝对的大公无私，不仅古代历史未之有，就是将来的历史，要说一个国家建立某项制度，而绝无人事关系，绝无私心夹杂，恐怕这希望也还远。不过公私之间该有分量的轻重。"

钱穆以清朝皇帝与下级的信息情报沟通为例，"皇帝寄信上谕颁给某一人，里面讲些什么事，又是谁也不知道"。认为其类似元朝的法术显露出极端的自私性，"清代人想讨好民众，这打算并不坏。但他们又存心压迫知识分子。他们只需要有服服帖帖的官，不许有正正大大的人"。在这种背景下，无间道和告密者有了超乎想象的生存余地与发展空间。

无间道来源于佛曰："受身无间者永远不死，寿长乃无间地狱中之大劫。"其实，佛经故事也好，旧词新说也好，一切都来自社会现实。社会阶层的分化与斗争根本上都是政治权力与经济利益的争夺，不同阶级群体与利益集团之间都会出现无间道，也可以叫作卧底或间谍。当社会结构中存在诸多阶层等级与政治势力时，就必然会出现摩擦与对抗，因为各方面都想处于"知己知彼，百战不殆"的优势地位。

《鹿鼎记》中描述了当时社会存在的主要问题，而这一切社会问题的矛盾往往都会集中针对刚刚入主中原的清朝。康熙从年幼时便不得不周旋于险恶的斗争旋涡中，《鹿鼎记》中提到的针对清初政权的敌对力量就有以陈近南为代表的天地会等江湖门派、以吴三桂为代表的藩王地方割据势力、以洪安通为代表的民间意识形态中的邪恶力量、以沐王府为代表的前统治阶级的遗留势力、以俄罗斯为代表的外国侵略队伍……

以上列举的矛盾都是指向以康熙为代表的统治集团，如果这算是宏观角度的话，那还有中观角度的同集团内部的斗争，譬如《鹿鼎记》中表现的鳌拜与苏克萨哈的斗争、台湾郑王府内部的派系斗争、神龙教内部老人和新人之间的斗争、俄罗斯内部对皇位继承权的争夺……

《鹿鼎记》中还有微观角度下的人与人之间的矛盾斗争，最明显的是康熙与韦小宝关系的变化，还包括康熙与鳌拜的斗争、陈近南与郑克塽之间的复杂关系等等。

宏观上的政治诉求的针锋相对，中观上的争权夺利的现实需要，微观上的恩爱情仇的人性表达，都为《鹿鼎记》中的无间道者提供了存在的必要与发展的空间，也给告密者提供了滋生土壤。

史载康熙时期已有密折制度，其目的就是及时了解地方真实情况，并加强对各级官员的控制。但是告密一旦被公开鼓励，风气必然走向邪恶。康熙中后期的告密之风扩散到整个官场，形成了一种无形的恐怖氛围。据考证，曹雪芹的爷爷曹寅、父亲曹頫、叔叔曹颙，都是康熙的耳目，他们掌管的江宁织造，一方面公开的职责是为宫廷采办丝织品和各种奢侈品，另一方面隐蔽的职责就是向康熙密报各类信息与情报。《鹿鼎记》中，风际中作为康熙安插在天地会中的卧底，人物形象的设计并非空穴来风。

金庸先生曾在一篇社论中写道："一般说来，中国人远比外国人狡猾、诡计多端。这正由于中国人累积了数千年的经验，深知人性的弱点，因而善于利用别人的贪婪、虚荣、骄傲、好色、愤怒等七情六欲。"

告密便是一种背叛的诡计，既利用和欺骗别人，也彰显出自身人性的黑暗。告密作为一种政治行为，无论其内容如何，其本质都是权力的争夺。

韦小宝的多面性与"有所不为"

韦小宝是《鹿鼎记》中最大的无间行者与告密者。整部小说中韦小宝说得最多的两句话，一句是"赴汤蹈火"，一句是"鸟生鱼汤"（尧舜禹汤）。前者韦小宝对很多人都说过，后者都是对康熙说的。韦小宝很多时候说"赴汤蹈火"确实有夸大其词的嫌疑，开始说"鸟生鱼汤"时也是为了拍康熙马屁，但是后来他确实做到了为兄弟赴汤蹈火，而且发自内心地认为康熙确实是"鸟生鱼汤"。

韦小宝的公开社会身份是康熙的近臣与红人，拜陈近南为师后加入天地会并成为堂主，之后又加入神龙教成为白龙使，后来还被俄罗斯封为鞑靼伯爵……

韦小宝站在诸多政治势力斗争的风口浪尖上。我们知道无间道与告密者往往是密切相关的，表面上是某一个群体中的一员，而实际上又是敌对群体中的成员，那就必然要损害一方利益来达到强化另外一方的目的。“身在曹营心在汉”就是为了套取“曹营”的真实情报传递回“汉”。

如果说韦小宝游走在神龙教和俄罗斯这类势力的集团内部只是求自保，或者寻求自身利益最大化，那他至少是理性的，这也是无间道的“职业规则”。但韦小宝对康熙皇帝和陈近南存在真感情，那么这就注定他的无间道之路不会走长久，而且风险与日俱增。

韦小宝作为清廷的重臣和天地会的堂主，其实就是双面间谍。一方面他要及时提醒康熙避免被天地会暗杀或伤害，另一方面他也要提防清廷杀害陈近南。《鹿鼎记》一书中，韦小宝最大的痛苦并非是对阿珂的爱恨交加，而是来自挣扎在康熙与陈近南之间的焦灼。

韦小宝在这个过程中如履薄冰，意外收获也是不小。他时不时地替多方势力着想，他也从来没有忘记自己的利益，钱财权力就不必说了，就连感情也是如此。比如他先后利用清廷、天地会、沐王府等各方势力来达到追求阿珂的目的，在封建社会，动用了这些具备压倒性优势的资源，阿珂必然会落入韦小宝之手，这个结局不能避免。不知道有多少人看到韦小宝会羡慕，这便应了鲁迅先生所说：“群众，——尤其是中国的，——永远是戏剧的看客。”金庸先生多次表达青年人不要以韦小宝为榜样，这与鲁迅先生的某种态度一脉相承。

《鹿鼎记》第五十回有一段韦小宝的自白，表面上阐明了他对“义气”的看法，实际上也是他“有所不为”的做人原则的表达：“皇帝是好的，天地会众兄弟也是好的。皇帝要我去灭了天地会，我决计不干。天地会众兄弟要我去行刺皇帝，我也决计不干。”《论语·为政》篇有云“见义不为，无勇也”，可见韦小宝还是践行了儒家的基本道德，尽管在他身上用“义气”带有一点点狡黠之气。

如果说韦小宝对无间道和告密者的选择更多时候出于偶然性因素或被迫接受的话，那吴之荣和风际中则是积极主动地争做告密者，可谓是无所不为。

《鹿鼎记》第一回就是讲吴之荣以告密发家，下文我们会简述这段史实。而风际中与韦小宝非常相似，既是康熙的人，也是天地会的人，但两者内在根本不同。

譬如，陈近南死后，承认自己真实身份的风际中不再遮遮掩掩，直接向韦小宝献计：“只有大人自己当了总舵主，那才能斩草除根，永远绝了皇上的心腹大患。”“这一番言语，只听得韦小宝背上出了一阵冷汗”，韦小宝越想越寒心：“小皇帝要我投降，要打我屁股，那都不打紧，但逼我去做天地会的总舵主，将所有兄弟一古脑儿杀了，这件事可万万干不得。这件事一做，普天下好汉个个操我的十八代祖宗，死了之后也见不得师父。这里的大妞儿、小妞儿们，都是要打从心底里瞧我不起。韦小宝良心虽然不多，总还有这么一丁点儿。”面对风际中的阴谋，韦小宝的反应是“只不过要杀了天地会这许多弟兄，未免太也不讲义气，不够朋友，可得好好商量商量”。

风际中的话则正应了中国历史上政治权谋最可怕的一句真理：量小非君子，无毒不丈夫。因为有良心而“有所不为”，恰恰就是韦小宝与风际中这类小人的本质区别。

吴之荣与风际中的“无所不为”

在中国历史上，告密文化由来已久，曾被某些朝代所推行和倚重，譬如清代最负盛名的康雍乾三位皇帝。

惨烈的文字狱便是由告密开启的，但不是每个人都有能力成为构筑文字狱的告密者。告密者没有一定的文化素质不可，因为告密的客观对象往往是书籍与诗文。《鹿鼎记》第一回就是从清朝的一起文字狱案开始的。杨凤苞《秋室集·记庄廷钺史案本末》对此案有较为详细的叙述。

庄廷钺，浙江乌程（今属湖州）人，眼盲，由其岳父朱佑明予以经济赞助修史。史书修成后，庄廷钺便病死了。这部拟名为《明史》的书中，奉尊前朝年号，否认清朝正统的合法性。庄廷钺死后，他的父亲庄允诚将书刻成，定名为《明书辑略》，不料却被浙江归安（今属湖州）知县吴之荣两次告发。

顺治十八年（1661），康熙刚登基，辅政大臣鳌拜责令刑部彻查此案，并严惩涉案人员。庄允诚被捕，不久死于狱中。已死的庄廷钺也不能幸免，被掘墓开棺焚骨。

康熙二年（1663），所有与此书有牵连的人及庄廷钺族人均被处死。告密者吴之荣升了官发了财——既被提拔为右佥都御史，还占有了朱佑明和庄允诚两家的财产。借损人利己的告密行径可升官发财，为后人树立了作恶的榜样。

《鹿鼎记》以褒康熙为主，将此案归结于告密者吴之荣的卑鄙无耻，但事实并非仅仅如此，因为康熙亲政后依然主导并制造了“黄培诗案”等文字狱。

康熙兴文字狱有其复杂的社会历史背景，更多的是出于意识形态和政权稳定的考虑，不可简单论之，我们的关注点主要放在告密者身上。

告密者被“欺骗”“背叛”“出卖”等标签紧紧贴住，这是为中国伦理道德最不耻的行径之一。《鹿鼎记》中，“吴之荣并非扬州高邮人，本来跟吴三桂没什么干系，但其时吴三桂权势薰天，他趋炎附势，颇以姓吴为荣”。随后，吴之荣旧技重施，再次抛出“告密”的撒手锏。他私下向韦小宝告密的指向依然是文字：“一部是查伊璜所作的《国寿录》，其中文字全都是赞扬反清叛逆的。一部是顾炎武的诗集，更是无君无上、无法无天之至。”韦小宝知道顾炎武和师父陈近南都是“反清复明”的志士，因而恐吓吴之荣不要乱咬人，原本“这次吴之荣找到顾炎武、查伊璜等人诗文中的把柄，喜不自胜，以为天赐福禄，又可连升三级，哪知钦差大人竟会说出这番话来”。吴之荣又拿出了检举吴六奇的证据，可见其对于告密的路数可谓处心积虑，蓄谋已久。

告密这种风气发展到乾隆年间更是登峰造极，曾任户、吏、兵、刑、工五部尚书的梁诗正甚至说：“笔墨招非，人心难测，凡在仕途者遇有一切字迹，必须时刻留心，免贻后患。”

“卑鄙是卑鄙者的通行证”，说的就是吴之荣这种人的思维模式。吴之荣为达目的，不择手段，韦小宝因势利导，将计就计治罪吴之荣，救回查伊璜、顾炎武、吕留良三人，保住了吴六奇的性命，并将吴之荣诛于冤魂灵前。

吴之荣的无耻是不避讳人的，甚至还带有沾沾自喜的色彩，而风际中的告密则是阴险至极，害人极深，令人后背阴风阵阵。《鹿鼎记》总计五十回，风际中告密者的身份直到第四十五回才浮出水面。如果说在小说中，韦小宝是康熙最大的一枚公开的棋子，那风际中就是最大的一枚暗棋。

第四十五回上来就是韦小宝回忆过往，恍然大悟风际中是康熙安排在自己身边最隐秘的卧底。“韦小宝在天地会的所作所为，康熙无不备知底细，连得天地会中的暗语切口，也能背诵如流，但韦小宝偷盗《四十二章经》，在神龙教任白龙使等情，康熙却全然不知。韦小宝仔细想来，定是天地会中出了奸细，且这人必是自己十分亲密之人。但青木堂这些朋友个个赤胆忠心，义气深重，决计不会去做奸细，出卖朋友。因此他心中虽然一直存了老大一个疑团，却没半点端倪可寻，只觉此事十分古怪、难以索解而已。”

金庸先生也借风际中这个人物勾画出了最为叵测的无间道和告密者的精髓和特征：“风际中沉默寡言，模样老实之极，武功虽高，举止却和一个呆头木脑的乡下佬一般。韦小宝偶尔猜测这奸细是谁，只想到口齿灵便、市侩一般的钱老本；举止轻捷、精明乖巧的徐天川；办事周到、能干练达的高彦超；脾气暴躁、好酒贪杯的玄贞道人，连对见多识广、豪爽慷慨的樊纲，以及近年来衰老体弱的李力世、说话尖酸刻薄的祁清彪，也都是曾猜疑过，就是对这个半点不像奸细的风际中，从来不曾有过丝毫疑心。”

“双儿和风际中相处甚久，一路上他诚厚质朴，对自己礼数周到，实是个极本分的老好人，那知城府如此之深，越想越害怕。”大奸若忠，面实而心险，看到这里，读者是不是会条件反射地对照检查自己身边的人呢？

立了大功的风际中却被康熙赏赐了一个都司小官，连韦小宝都甚感不解，“但瞧风际中的模样，脸上虽仍是一副老实之极的神气，眼光中已忍不住露出得意之色”。这就是鲁迅先生所说的：“做奴隶虽然不幸，但并不可怕，因为知道挣扎，毕竟还有挣脱的希望；若是从奴隶生活中寻出美来，赞叹，陶醉，就是万劫不复的奴才了。”

培养告密者，康熙不会偏听偏信一人，所以他的耳目众多。对告密者而言，能看清的就是与皇帝那一条线，可皇帝手里却掌握着不计其数的告密者的命脉，告密者不过都是皇帝手中的牵线木偶。

这才是官场，这才是权谋，这才是政治。

第四节 “天下第一福将”的官场心得

“千里为官只为财”

其实有不少人是把《鹿鼎记》当作官场小说来读的。被誉为“天下第一福将”的韦小宝从上到下、从里到外地经历了官场的种种际会。全书到处闪现着中国封建社会官场技巧的影子，既有皇帝的雄才大略，也有臣子的筹谋划策；既有高官的虚伪圆滑，也有小吏的盘算计较；既有高人一等的政治智慧，也有庸俗从众的官僚陋习。

官场无非是社会的缩影，或者说是社会问题的集大成者。透过官场可以看到江湖，可以看到民间，可以看到人心。

官场之所以有潜规则，是太多的人急功近利使然，着急想升官，升官又是为了发财。韦小宝第一次贪腐是康熙派他去查抄鳌拜府。陪他一同前往的索额图说：“兄弟，他们汉人有句话说：‘千里为官只为财。’这次皇恩浩荡，皇上派了咱哥儿俩这个差使，原是挑咱们发一笔横财来着。这张清单嘛，待会我得去修改修改。”

在这个问题上，韦小宝上道儿很快，两人一拍即合，“在韦小宝看来，银钱过手而沾些油水，原是天经地义之事”。索额图说“汉人有句话”，其实也是人性贪婪超越民族，乃至国界的表现。

“瞒上不瞒下”

作家三毛评判金庸先生笔下人物时说：“小宝话多，此人五行金必多——韦小宝百口铄金。”韦小宝不仅会撒谎、吹牛，还时常能蹦出真知灼见。他曾经对天地会属下说过这样一句话：“官场之中，有道是‘瞒上不瞒下’，天大的事情，只消遮掩得过去，谁也不会故意把黑锅拉到自己头上来。”

这句话难得的是后来还借苏荃之口重复过：“小宝做官的本事高明。瞒上不瞒下，是做官的要紧诀窍。”韦小宝笑道：“荃姊姊倘若去做官，包你升大官，发大财。”苏荃微微一笑，心想：“神龙教中那些人干的花样，还不是跟官场中差不多？”

瞒上不瞒下，报喜不报忧，确实是官场习惯，也是人人心知肚明却不公开指明的道理。苏荃之前是神龙教教主夫人，教中也搞个人崇拜，与封建王朝崇拜皇帝没有什么本质不同：把人神化，同时把几乎所有智慧都用在驭下。

“听人奉承，毕竟开心”

韦小宝对待拍马屁这件事的态度是：“对别人的谄谀也不会当真，但听人奉承，毕竟开心。”论拍马屁，韦小宝只服他亲眼见过的两个人：明珠和慕天颜。

韦小宝第一次见明珠就佩服得五体投地。廷议三藩问题时，众大臣都说不到皇帝心里去，只有明珠的话滴水不漏，让康熙十分满意，《清史稿》中记载康熙对其评价："以前议撤藩，惟明珠等能称旨。"韦小宝当时听到明珠的一番言论，都有拜他为师的想法。

明珠在康熙朝升迁速度极快，位置爬得也极高，但康熙朝"铁面御史"郭琇则评说："明珠对人柔颜甘语，百计款曲，而阴行鸷害，意毒谋险。"不知道金庸先生在刻画韦小宝在官场的情节时是否参考过明珠的史料，两者还颇有相似之处。

慕天颜的拍马水平我们在前文已有详细分析，这里不再赘述。

"精明干练，居官得体"

韦小宝办事经常是银票开道。拿人手短，大多数人得到了他的好处都是欢天喜地，心甘情愿地供其驱使，受他利用。韦小宝的慷慨不是单一向度，他既向上送宝贝，还向下撒银子，见者有份。这样一来，既不会被人觉得势利，又不会惹人眼红。

韦小宝从最早在宫里当太监首领时就谙于"借花献佛"之门道，拿别人送自己的钱财或者直接拿别人的钱财再送其他人，以获得众人称赞的名声。他将云南吴三桂给自己的金银礼物分送宫中妃嫔、王公大臣、侍卫、太监，都是以自己的名义送出去的。"于是吴三桂几十万两金银，都成了钦差大臣、骁骑营都统韦小宝的礼物。收礼之人自是好评潮涌。宫中朝中，都说皇上当真圣明，所提拔的这个少年都统精明干练，居官得体。”

韦小宝曾对不成器的张康年有过一番指点：“咱们在江湖上混饭吃，偷抢拐骗，什么都不妨，可不能得罪了朋友。”他还对赵良栋说过：“哪及得上赵大哥一刀一枪，功劳苦劳，完全是凭真本事干起来的。”赵良栋当即表态：“只要小将做得到的，一定拼命给你去干。就算当真做不到，我也给你拼命去干……”

《鹿鼎记》中林林总总的官场现象一言以蔽之便是钱穆先生所言：“应科举觅仕宦的，全只为的是做官，更没有丝毫以天下为己任的观念存在胸中。”因而《菜根谭》会写道：“以积货财之心积学问，以求功名之念求道德，以爱妻子之心爱父母，以保爵位之策保国家，出此入彼，念虑只差毫末，而超凡入圣，人品且判星渊矣。”

对于中国封建官场，不仅国人自有切肤之感，西方人同样也有觉察。斯塔夫里阿诺斯在《全球通史》里概括道：“中国人的经典都强调人在社会中的生活，尤其是强调家庭成员之间、国王与臣属之间的关系。这种对现世的强烈偏好为政治组织和政治稳定提供了一个坚固的、根本的基础。而这一基础又由于中国人在这些世纪里实行一种独特的制度——在全国竞争性考试的基础上选任文官——而得到进一步加强。与这类似的情况在西方或其他任何地方过了二千年才出现。”他判明了关系之核心，看到了形式上的基础。

其实，韦小宝也非“官迷”。书中他有两次“退隐江湖”的经历，一次是他带着七个老婆逃到通吃岛数年，还有一次是他成为鹿鼎公和抚远大将军之后弃官而逃，隐姓埋名，杳无音信。韦小宝在价值追求上，对待官场爵位基本上是持游戏心态，既不贪恋也不豪夺，所以从这个意义上而言，韦小宝虽然带有当时官场人士的色彩和特点，但本质上并不是以官场为终极追求目标。

第五章　清廷与以吴三桂为代表的藩王

第一节　三藩的来龙去脉

三藩的来历

关于三藩之来历，孟森先生在《清史讲义》中讲得很清楚：“南明既亡，天下绝望，谓清业可定矣。实则必危必乱之症结，其不易拔除，较之取胜于末运之朝，伸威于稔恶之寇，其难不啻倍蓰。天下初定，骄悍之武夫，反侧之凶盗，以击斗为专业，不乐归农者，屯结不散，戴一渠魁，为延其生命之计，此渠魁即今所谓军阀。清初武力，自有根柢，但用汉人号召汉族，招降纳叛，事半功倍。大势既定，则解散编制，必有一番扰乱。其所以毅然措手，不稍迟回者，亦正恃有有根柢之武力在也。其时屯结之众，统名三藩。”

也就是说清军入关后，因为自身兵力不足和需要征服的地域过于广大，只好扶植三藩军队，这个策略就是以汉制汉，这三个割据一方的汉族藩王，即平西王吴三桂，世代镇守云南，兼辖贵州；平南王尚可喜，世代镇守广东；靖南王耿精忠，世代镇守福建。此三人皆为前明名将，投清后帮清朝打天下。吴三桂的情况我们下文会有详细讲解，而其他两位藩王的情况其实许多人并不清楚。

魏斐德在综合分析诸多史料的基础上，认为："他们是原籍山东的辽东海盗，是一群投机取巧、变异无常的军事冒险家。憨厚朴实的辽阳边民，将这群海盗视为赌徒和酒鬼，轻蔑地称其三位首领——尚可喜、孔友德、耿仲明——为'山东三矿徒'。这些冒险家有许多共同点：他们都曾是皮岛军阀毛文龙（他已于1629年被袁崇焕当众斩首）的部下，最先学会了操作欧式大炮（他们曾受过登莱巡抚孙元化的训练），有丰富的海战经验（他们经常驾船往返于山东半岛和辽东、朝鲜各岛屿之间），并有吸引忠实追随者的能力（他们组成了完全由他们个人控制的依附性很强的半封建军队）。其中有几位后来受封而成为著名的'三藩'……"

其中，只有吴三桂于康熙元年（1662）晋封为平西亲王。吴三桂是汉族官员中受封亲王爵位的第一人，吴三桂在相当长的时间里风光无限，也是从他开始，清朝汉族藩王封藩自专的先例被正式开启。

换一种通俗的说法：吴三桂是三藩当之无愧的带头大哥。

三藩割据

自清统一全国后，三藩对于清朝中央政权愈呈尾大不掉之势，逐渐成为清王朝统治的不安定因素。吴三桂作为三藩中的最强者，在兵权、财权和人事权等方面让康熙坐立不安。

以人事权为例，《鹿鼎记》中多次提到"西选"，"说是吴三桂所派的官叫做'西选'，意思说是平西王选的。云南全省的大小官员，固然都是吴三桂所派，就是四川、广西、贵州三省，‘西选’的官儿也比皇帝所派的官吃香”。“倘若有一个缺，朝廷派了，吴三桂也派了，谁先到任，谁就是正印。云贵川桂四省的官员，哪一个先出缺，自然是昆明知道得早，从昆明派人去快得多。因此朝廷的官儿，总是没‘西选’的脚快。”

韦小宝跟着茅十八去往北京的途中，在一个小镇的饭馆里遇到云南来的官员，听他说：“依我官职来说，本来是见不着皇上的，不过凭着咱们王爷的面子，说不定能陛见罢！朝里的大老们，对咱们‘西选’的官员总是另眼相看几分。”小说中间又提到一次，沐王府家将苏冈、白寒枫在北京的一家饭馆里遇到从云南来的官员，“这官员自称叫做卢一峰，原来是奉了吴三桂的委派，去做曲靖县知县的”。

事实上，顺治十六年（1659），吴三桂已总管云南军民所有事宜，顺治特准许“凡云南文武官员举黜，皆由吴三桂裁定”。康熙元年（1662），四辅臣又命吴三桂兼辖贵州，应允吴三桂所请，“贵州一切文武官员兵民事务，俱照云南例，著平西王管理”。

自此，云南和贵州这两个毗连的省份成了吴三桂的专属王国，这两省的人事权皆由吴三桂定，这就是所谓的“西选”。这项人事权在康熙六年（1667）已被收回，《鹿鼎记》中写到这个事的时间点已不存在，但不影响帮助我们了解藩王对朝廷之威胁。

如果说吴三桂等三位藩王安心于一隅，或许还不至于过分刺激皇帝敏感的神经。只是吴三桂的情报工作也令人心生遐想和恐慌：“朝政纤悉，旦夕飞报。此未撤藩前所有不可终日之势也。”到了康熙十二年（1673），尚可喜与耿精忠这两藩王各有十五佐领、绿营兵六七千、丁口两万，吴三桂则有五十三佐领和绿营兵一万两千、丁口数万。

三藩势力，几乎占据了当时清朝全国的一半。

三藩之乱

史景迁根据《康熙帝御制文集》和《大清圣祖仁皇帝实录》中所载内容，在撰写《康熙：重构一位中国皇帝的内心世界》一书时，以康熙本人的口吻写道："盖三藩之乱实因朕之误判形势而起，朕断不诿过他人。朕讵料俟准吴三桂撤藩之请，彼竟于康熙十二年背恩反叛。朕更未虑及吴三桂伪檄一出，各省兵民相率背叛。""议政王大臣会议虽不表苟同朕撤藩之见，但朕心意已决，愿放手一搏。若我等调度合宜，严阵以待迁移南方三藩王一事，三藩王或许别无选择，惟能俯首听命于朝廷。""朕虽不能逆料三藩谋反，然不思警戒而怠惰亦为愚蠢至极。"

从以上文字中，我们可以看出三藩之乱平息后，康熙有过深刻反思和总结。以上几句文字中的重点是"误判形势"，"未虑及"兵民反应，"调度"不合宜。历史学家孟森经过比对史料，认为当时康熙"年方冠"，"朝议两歧，英主独断"。

如此看来，撤藩的决定在当时朝廷很有争议，最终是血气方刚的康熙一意孤行。而钱穆在《国史大纲》中对三藩之乱的描述则为："'三藩'不自安，于康熙十二年自请撤藩，竟得许，遂反。"这句话中的"竟"字反映出试探清廷态度后的失望，饱含忐忑。

三藩之乱前后持续八年，过程反复曲折，简而言之，事件大概可以分为三个阶段：阶段一是双方相互试探，底牌渐显；阶段二是康熙撤藩，三藩反叛；阶段三是三藩败亡，乱象平定。

第二节　吴三桂的家事与国事

吴三桂家族

《鹿鼎记》中写到韦小宝和吴三桂第一次谋面是在昆明。吴三桂听韦小宝的口音是扬州话，便道自己“原籍扬州高邮”。

徽州自古盛产各路人才：北宋末年农民起义领袖方腊、南宋理学家朱熹、明代抗倭名将胡宗宪……徽州也是吴三桂的祖籍，他的祖先后迁居江苏高邮，形成后来的高邮吴氏。吴三桂的父亲吴襄于明朝天启二年（1622）中武进士，并于崇祯年间历任诸多军事要职。

崇祯四年（1631），皇太极发动“大凌河之役”，吴襄在支援时临阵逃亡，导致明军覆灭。但这似乎并没有影响吴襄的官场晋升。

崇祯十七年（1644）吴襄被调进北京，结下了家族转变的姻亲——娶祖大寿的妹妹为妻。

祖大寿家族世居辽东，名副其实的望族，吴襄与祖大寿的妹妹结婚的最大受益者是吴三桂，因为祖大寿是个大人物。

不是一家人不进一家门。祖大寿曾是袁崇焕的属下，袁崇焕下狱后，祖大寿怕受到牵连，毁掉山海关逃出。后来几经军事波折，祖大寿最终率部降清并随清军入关。

吴三桂排行老二，有一兄长吴三凤，一弟弟吴三辅。吴三桂最像父亲吴襄，少时都不喜读书，成年后又都体格彪悍。

吴三桂的儿子和女儿中比较有名的是长子吴应熊，这个人物对推动《鹿鼎记》情节发展发挥了重要作用。小说中索额图称吴应熊“精明能干，懂事得很”，韦小宝对他的第一印象也不错，“二十四五岁年纪，相貌甚是英俊，步履矫捷，确是将门之子的风范”。只因《鹿鼎记》是褒康熙贬吴三桂，捎带着也丑化了吴应熊。下面来看看史实吧。

吴三桂引清兵入关后，多尔衮貌似为了褒奖其功绩，做媒将皇太极的女儿下嫁吴三桂的儿子吴应熊，不过，命吴应熊必须长留在北京，实际是将其作为人质，钳制吴三桂。

也就是说，嫁给吴应熊的不是康熙的妹妹，而是康熙的姑姑，历史上皇太极共有 14 个女儿，建宁公主是最小的，年纪比康熙大了 13 岁，所以金庸先生曲笔将康熙与建宁变成了同辈。

吴三桂起兵反清前，对儿子牵肠挂肚，派密使到京接回儿子。出人意料的是吴应熊不愿回昆明，但他把康熙将提前削藩之策密告吴三桂，并让使者将长子吴世璠秘密带出京。

吴三桂这人

吴三桂出生于万历四十年（1612），其名得自当年三月盛开的飘香桂花。当时有记载称：“三桂巨耳隆准，无须，瞻视顾盼，尊严若神。”用现在的话简而言之就是相貌堂堂，气场很大。

吴三桂在当时上马武勇过人，下马平和有礼。有当代作家形容：“他的外表兼具北雄南秀。白皙的面庞上两道爽朗的眉毛和一条挺拔的鼻梁十足地挑起了男子汉的英风飒气。更引人注目的是眉宇间那股端凝沉稳之气，竟如深潭静水，潋滟袭人。”

吴三桂外向好动，爱交朋友，典型的“社会人”。他的为人处世广受好评，被诗人吴伟业称为“白皙通侯最少年”。

吴三桂少时曾在董其昌门下学习，这个董其昌是康熙皇帝最为推崇的书画家。可惜，吴三桂崇武不喜文。吴三桂在十六七岁时就应试武功并中得武举，《庭闻录》里说他“自少为边将”，对于习武和军事，他“终日无惰容”。

我们换一种说法，吴三桂也是善于官场钻营之人，他最重视结交军政要人。

回顾吴三桂的青少年时期，可谓少年得志，备受瞩目，几无非议。但由于他一直居于整个国家情势的一隅，面对的皆是具体战务，这也就注定他尚不具备统领全局的雄厚经验与远见卓识，同时也导致他难免在带兵打仗方面及为人处世上，都有个人利益优先的倾向。

吴三桂的年少成名与瑕不掩瑜都从某一个时刻开始，发生了历史性转折。在这个转折过程中，人们发现其性格和成长经历与其父吴襄很像，人生发展轨迹则和其舅祖大寿相似。这就是金庸先生曾说过的：“研究中国历史上这些大人物的心理和个性，是一件很有趣的事。千百年来物质生活虽然改变极大，但人的心理、对权力之争夺和保持的种种方法，还是极少有什么改变。”

吴三桂与陈圆圆

明末清初诗人吴梅村一句“恸哭六军俱缟素，冲冠一怒为红颜”，似乎为吴三桂与陈圆圆之间关涉国家和民族命运的感情定下了众人皆知的基调。人们对他们两人感情故事的关注度不亚于顺治皇帝和董鄂妃，看来国人对上层社会的绯闻始终充满好奇心。

陈圆圆，原姓邢，名沅，字圆圆。她儿时跟随养母陈氏的姓，江苏武进（今常州）人。陈圆圆隶籍梨园，为著名的“秦淮八艳”之一。她天生丽质，色艺双全。

田妃为讨崇祯的欢心，让自己的父亲田弘花费重金买回陈圆圆，献给崇祯。没承想，崇祯皇帝爱美人但更爱江山，成天忧虑家国大事，无意沉溺女色，陈圆圆进宫后又很快被退回田府。在田府，生活优裕，陈圆圆在锦衣玉食、歌舞宴饮的陶染中，技艺更加精进，声名响彻全城。

吴三桂回京时，田弘让陈圆圆招待这个实力派武官。吴三桂对陈圆圆一见钟情，将陈圆圆索要到自己身边。虽然当时吴三桂身陷情网，但是前方吃紧的军情逼迫他不得不抽身返回前线山海关，忍痛将陈圆圆暂时安置京城。

可惜情路波澜起。就在这期间，李自成军攻入了北京，崇祯皇帝吊死煤山。李自成的手下悍将刘宗敏将吴三桂的父亲抓来拷打，抄了吴家，霸占陈圆圆。《鹿鼎记》中则采用另外一种传说，即李自成抢走陈圆圆并占为己有，导致李自成与吴三桂成为情敌，而陈圆圆内心真爱的是李自成，并与李自成生下女儿阿珂，真可谓：“厚地高天，堪叹古今情不尽。痴男怨女，可怜风月债难酬。”

后来一波三折，吴三桂还是夺回了心爱的美人。江山与美人双全或许是他所愿，但他毕竟不是琼瑶式的男主角。后来吴三桂和陈圆圆的感情结局也可见一斑。

吴三桂坐镇云南后，即在昆明为陈圆圆大兴土木。好景不长，随着陈圆圆人老色衰，吴三桂又寻来其他美女纳入府中。陈圆圆退而念佛养心，心灰意懒的她住进了佛庵，清军攻入昆明时，陈圆圆自沉莲花池。

《鹿鼎记》中描写了韦小宝在佛庵中与陈圆圆的相识，并借陈圆圆自弹自唱《圆圆曲》和陈圆圆的思想活动，基本完整地讲述了这段载入史册的惊天动地的情史。

书中的陈圆圆对韦小宝说她最爱的是李自成，就现实而言，恐怕无论是谁也代替不了那个曾经为她“冲冠一怒”的吴三桂在她心中的地位。即使吴三桂后来的变化让她伤心，那也是爱之深伤之重。

魏斐德曾写道：“为一位名妓的粉面柳腰而不惜整个国家的沦丧，这是占据了后世中国人之想象力的一种说法。有关吴三桂的比较真实的描述缺乏诗意，所以不大为人所知。”

与此相关，把吴三桂作为一种文学想象上的“情种”来解读，莫不如理性地把他看作一个政治人物。而作为在明末清初的历史拐角上极其重要的人物，他反对过许多人，也支持过许多人，但最终他就是未扛起“反清复明”的大旗。

吴三桂与国事变迁

1644年，人类历史上极其特别的一年，东西方世界都在酝酿巨变。在西方，克伦威尔取得了马斯顿荒原战役的胜利，这次转折性的胜利直接导致了五年后英国斯图亚特王朝的覆灭。而就在这一年的上半年，东方大国中国也发生了巨变。吴三桂作为明末清初历史上不可或缺的重要人物，他的人生节点与中国关键的历史节点发生了交集乃至重合。

这一年是中国农历甲申年，猴年，明思宗崇祯十七年，清世祖顺治元年，大顺朝永昌元年（李自成），大西朝大顺元年（张献忠），四个政权在这个闰年纠葛交替。这四个政权的纷纷扰扰中都闪现着吴三桂的影子。

崇祯十七年（1644）三月，李自成领导的农民起义军打进北京，崇祯在煤山自缢身亡，吴三桂退回山海关。

《明史》载："初，三桂奉诏入援至山海关，京师陷，犹豫不进。"此处吴三桂的心路历程值得分析。他青年时曾跟随明朝名将袁崇焕，但明朝末年，崇祯听信谣言，中了反间计，杀害袁崇焕。这段历史也是金庸先生另外一部作品《碧血剑》的创作背景。吴三桂不可能不懂前车之鉴的道理，故而在崇祯皇帝面临李自成破城在即的紧要关头，反而不疾不徐，毫无救主之心。

李自成也有爱才之心，多次招降吴三桂未果。后来吴三桂得知爱妾陈圆圆被李自成部将掠去，其父也被拘押"拷掠甚酷"，大怒之下给多尔衮写信，请清兵入关剿灭李自成。吴晗在《朝鲜李朝实录中的中国史料》中指出多尔衮就是在收到吴三桂书信的那一天才得知崇祯帝已死，也就是说明朝天子的死使清廷的原计划必须做出调整。此时李自成的大顺政权不再是清廷的潜在盟友，已变成清廷的主要敌人。

吴三桂与清军联手大败李自成，被清廷封为平西王。从这一年与清军的联手开始，吴三桂的一生就与清朝纠缠在了一起。顺治十六年（1659），清廷命吴三桂出兵入缅，逼迫缅王交出南明永历帝。康熙元年（1662），吴三桂于昆明杀死南明永历帝。

康熙十二年（1673）撤藩时，吴三桂的心境何其复杂。李治亭先生的分析或许准确："他用鲜血和无数将士的生命换来的荣华富贵，苦心经营的宫阙，还有那云贵的广大土地，都将轻而易举地被朝廷一手拿去。一种无限的失落感，使他惆怅难抑，渐渐地，又转为悔恨交加，一股脑儿地袭上了心头！……他意识到自己面临着一生中又一次重大选择。正像三十年前他在山海关上，面对李自成农民军与清军，做出命运攸关的选择一样，而此次选择，远比那一次更复杂更困难！……强烈的权势欲驱使他无法安静下来，他不能忍受寂寞，不甘心失去已得到的东西。最使他思想受到震动的是，他感到清朝欺骗了他，撕毁了所有的承诺，把已给他的东西一股脑儿都收回去，这怎能使他心甘情愿！一种自卫的本能不时地鼓励他抗拒朝廷背信弃义的撤藩决定。"

于是，吴三桂自称周王，发布檄文，举起"反清复明"的大旗。吴三桂当时已年近七十，振作精神，驰骋战场，势如破竹。

康熙十七年（1678），形势已对吴三桂十分不利，在风雨飘摇之际，他于湖南衡州称帝，国号大周，建元昭武，改穿明朝衣冠。

心力交瘁的吴三桂自知已无法力挽狂澜，改穿明朝衣冠其实就是对自己当年选择引清兵入关的后悔，还有对明朝的追念，但一切都已无法从头再来。铁马金戈，青冢黄昏路，同年秋在长沙病死。

吴三桂的孙子吴世璠继位，一路退回云南。康熙二十年（1681），昆明被清军团团包围，吴世璠自杀。康熙为了斩草除根，将吴三桂的子孙后代全部杀光。

康熙收到清军克复昆明的捷报时恰好是一个深夜，他即兴写下一首诗："洱海昆池道路难，捷书夜半到长安。未矜干羽三苗格，乍喜征输六诏宽。天末远收金马隘，军中新解铁衣寒。回思几载焦劳意，此日方同万国欢。"

当时的康熙皇帝回首往事，情绪应该是极其复杂的，他从当年那个年仅 18 岁的少年天子已成长为 28 岁的成熟帝王，近十年光阴也随一纸捷报而成为过往烟云。天地之澄澈，人生之壮丽，什么都会成为过去。

钱穆在《国史大纲》中陈列吴三桂失败首要原因："因三桂身为汉奸，不得国人信仰。"确实如此，彻底失败的吴三桂在众人口中几乎都被描述成一个朝秦暮楚、反复无常的势利小人，他的名字后来几乎与汉奸或政治投机分子这些贬义词画了等号。清朝政府在平定三藩之乱后，对吴三桂进行了彻底清算，销毁了与他直接有关的档案材料。

胡文辉曾把《鹿鼎记》中提到的历史人物施琅与吴三桂相比较："施琅降清，扫荡作为残明反抗势力最后代表的台湾郑氏政权，与吴三桂降清，剿杀作为明朝政治法统最后象征的南明永历帝，在性质和逻辑上是一致的。假如说，只要有利于国家统一，就是‘民族英雄’之所为，那么施琅不过是给明王朝的棺材钉上最后一颗钉子，而吴三桂才是埋葬腐朽明王朝的先行者，对于清朝迅速‘统一中国’，吴三桂所起到的历史作用，远比施琅重大得多；如果施琅是‘民族英雄’，那吴三桂又是什么呢？”

“金庸先生运用熟练的历史背景，对暴政下被迫害的农民与暴政蹂躏下的人权与生命，充满了爱心和不平，对那些贪官酷吏卖国贼，则痛恨入骨。尤其值得注意的是，金庸先生笔下的民族大义，澎湃如潮。”柏杨先生的评价指出了金庸先生的历史观，而按照这样的历史观，吴三桂必然是一个反面人物。

茅十八和天地会群雄称吴三桂为“大汉奸”“臭贼”“王八蛋”“一说到吴三桂，人人气愤填膺”。“韦小宝听人提到吴三桂三字之时，无不咬牙切齿，恨之入骨”，“诛杀吴三桂，乃是普天下英雄好汉人人梦寐以求的大事”。

《清圣祖实录》中记载着康熙对吴三桂的评价：“吴三桂径行反叛，背累朝豢养之恩，逞一旦鸱张之势，横行凶逆，涂炭生灵，理法难容，神人共愤。”而康熙的爷爷清太宗皇太极当年对吴三桂的评价却还是：“吾家若得此人，何忧天下？”实乃讽刺。

让我们把时光再退回到那个大变革的年份看一个小插曲。1644年4月15日，多尔衮突然接到吴三桂的一封书信，信中这样写道：“乞念亡国孤臣忠义之言，速选精兵，直入中胁、西胁，三桂自率所部，合兵以抵都门，灭流寇于宫廷，示大义于中国，则我朝之报北朝者，岂惟财帛？将裂土以酬，不敢食言。”

《谀闻续笔》曾记载吴三桂请求多尔衮“毋伤百姓，毋犯陵寝。

访东宫（明太子）及二王所在，立之南京，黄河为界，通南北好”。

这就是许多历史学者的另外一种判断：吴三桂在明亡之初的确并无降清念头，这时候他与坚守扬州城的史可法并无二致。只是，政治上没有永远的朋友，只有永远的利益。

早在“三藩之乱”前，18 岁的康熙曾在吴三桂驻守过的山海关前慨吟：“朱栏画栋最高楼，海色天容万象收。海底鱼龙应变化，天中云雨每蒸浮。无波不具全潮势，此日真成广漠游。仙客钓鳌非我意，凭轩惟是羡安流。”

历史学家汤因比曾说：“历史是胜利者的宣言。”从来如此。

第六章 南明的衰亡与『反清复明』力量的衰落

第一节　南明政权更迭与纷争

南明政权的脉络

《鹿鼎记》中天地会和沐王府最大的一次冲突是争论各自拥护的主子究竟谁是明朝正统继承人。

金庸先生借玄贞道人之口向韦小宝介绍这段历史渊源："当年李闯攻入北京，逼死了崇祯天子。吴三桂带领清兵入关，占我花花江山。各地的忠臣义士，纷纷推戴太祖皇帝的子孙为王。先是福王在南京做天子。后来福王给鞑子害了，咱们唐王在福建做天子，那是国姓爷郑家一伙人拥戴的，自然是真命天子。哪知另一批人在广西、云南推戴桂王做天子，又有一批人在浙江推戴鲁王做天子，那都是假的真命天子。"

小说中提到的"福王"是指弘光政权，"唐王"是指隆武政权，"鲁王"是指鲁王监国，"桂王"是指永历政权。

如金庸先生所言："各王死后，手下的孤臣遗老仍是互相心存嫌隙。"钱穆在《国史大纲》中也明确指出，"明清之际的转变，大部分是明代内部自身的政治问题"，这些问题到了南明时期愈演愈烈，《鹿鼎记》中各路“反清复明”势力的斗争与博弈也都体现了这个内部矛盾。

从诸多角度来看，1644 年绝非明朝灭亡、清朝兴起的准确时间分界点，皇太极实际上在 1636 年便已开国登基，而明朝最后一名自称君临全国的君王永历皇帝直到 1662 年才被消灭。也就是说清军入关后，又过了 18 年，明朝的君主世袭才结束。

在这段历史中，明朝政权更迭频仍、矛盾纷杂，于是成了《鹿鼎记》中极难搞清楚的一段历史，但这里面又牵扯着小说中诸多重要人物关系和故事发展走向，所以我们按照时间轴来一一厘清。

弘光政权开启南明

南明自弘光政权始，这个“南”字也是后人谈及这段历史时加上的，与南宋的“南”字如出一辙。明朝留都南京的文臣武将在大方向上意见一致——延续明朝，但是在一个重要的问题上发生了巨大的分歧——拥立何人即皇位。

根据祖训，有嫡立嫡、无嫡立长。经过复杂的官场博弈和利益计较，福王朱由崧成了最终人选。

在南京，朱由崧先是于崇祯十七年（1644）五月初三称监国，12 天后即皇帝位，于是次年为弘光元年（1645）。

孔尚任在《桃花扇》中描述弘光帝：“旧吴宫重开馆娃，新扬州初教瘦马。淮阳鼓昆山弦索，无锡口姑苏娇娃。一件件闹春风，吹暖响，斗晴烟，飘冷袖，宫女如麻。红楼翠殿，景美天佳。都奉俺无愁天子，语笑喧哗。”

还有许多野史与民间笔记更是对弘光皇帝的淫乱颓靡众口一词，他确实不是好皇帝，但也远谈不上败坏不堪，这与他的心性无关，而由时势决定，这个“时势”就是无法挽回的亡国大势。

这个“时势”还有一个先端，那就是他这个皇帝并非通过继承程序自动登基，而是被迎立，带着弱势心理由人扶上帝座。这层关系已先天蕴含着君弱臣强的不祥意味。国事已到这般田地，弘光帝纵有心力挽狂澜，也只能力不足地叹息，掩耳盗铃般地在南京的宫殿楼台里载歌载舞，任身边宦官和朝中权臣卖官鬻爵。

随后，清军快速南下，攻破扬州城并屠城，史称“扬州十日”。弘光元年（1645）五月十二日朱由崧移驾芜湖，十几天后被清军俘虏，翌年春天被杀。《鹿鼎记》中提到的与弘光政权有关的情节主要就是史可法抗清坚守扬州城和清军“扬州十日”的屠城。

隆武政权与鲁王监国

郑芝龙等人在弘光元年（1645）拥立唐王朱聿键于福州监国，随后称隆武帝。隆武帝很有决心，励精图治，但被郑芝龙架空，次年兵败身亡，郑芝龙北上降清。

大家要记住隆武政权中的重要人物——郑芝龙，后面我们还要专门讨论和分析此人，此人便是郑成功的父亲。

当时战乱纷纷，消息不畅，唐王朱聿键监国40天后，鲁王朱以海于南明弘光元年（1645）监国于绍兴。也就是说，当时隆武政权与鲁王监国这两个南明政权并存。

鲁王政权腐败，不堪一击，当年就不战而溃。

这种内讧而不能联合对外的情况在南明各政权存续期间始终存在。

绍武政权与永历政权

隆武政权与鲁王监国相继灭亡后，桂王朱由榔又于隆武二年（1646）监国于肇庆。不久，清军攻破南赣，朱由榔狼狈地逃往梧州。

桂王监国44天时，也就是十一月初五，历史一幕重复上演：隆武帝之弟自立于广州，改元绍武。十一月十八日朱由榔称帝，以次年为永历元年。

绍武政权与永历政权不能一致对外，反而内讧，为了争论谁为正统而兵戈相向，绍武帝被清军俘虏绝食而死后，永历帝逃往广西。

万万没有想到的是，在南明政权形势万分危急之际，是李自成的大顺农民军余部出现在抗清斗争最前线，挽救了危局，出现了南明时期第一次抗清斗争的高潮。

李自成死后，其余部分为两支，其中一支护卫逃来广西的桂王居于柳州，次年又与另外一支部队联合作战，收复了湖南绝大部分地区。曾有一段时期，永历政权名义上控制了云南、贵州、广西、湖南、四川等省大部。

抗清斗争高潮中也有一些败仗，但一切在当时看起来都大有可为。就在这个时候，南明政权内部又一再上演之前数次出现过的内讧、背叛与争权夺利。

永历皇帝流亡缅甸首都曼德勒，被缅甸王莽达收留。

只是，所有的政治斗争都是类似的，缅甸政权也有争权夺利和手足相残。吴三桂攻入缅甸后，莽达之弟莽白乘机发动政变，杀死其兄后继位。莽白后将永历皇帝献给吴三桂，明朝皇统彻底灭亡。

钱穆在《国史大纲》中言:“惟清人所以得吞南明,其最重要原因,厥为汉奸之助。”并与南宋时的情形比较分析：“金得汴京而不能有江南者，即因未有汉奸为之作伥。又清兴已四十年，而金则骤起，亦其异。”

其实，在永历帝被杀之前的三个月，台湾的荷兰军已经向郑成功投降，郑成功已经为南明拿下了继续维系政权的根据地。退守台湾的郑氏家族坚持沿用南明永历法统，所以也被称为明郑时期，直到郑克塽降清止。

第二节　明郑时期与天地会

明郑时期

郑芝龙，也就是郑成功的父亲，一生共有五位妻子，他的第三位妻子是郑芝龙到日本做贸易时结识的当地女子田川氏，两人生下一个儿子便是郑成功。

郑芝龙曾经是大海盗，而且财力雄厚，还有一定的军事实力，只是在政治上没有原则，基本上以实际利益为导向。

郑芝龙在福州拥立朱聿键为隆武帝时被册封为南安侯，算是他政治生涯的巅峰。只是好景不长，隆武帝败后，郑芝龙降清。

郑芝龙虽然开启了“明郑时期”，但这个时期的关键人物依然是他的儿子——郑成功。郑成功曾被隆武帝赐明朝国姓朱，名成功，世称“国姓爷”，后来他又被永历皇帝封为延平王，又称“郑延平”。《鹿鼎记》中对其称呼也是如此。

郑成功死时年仅 39 岁，那一年也是康熙元年。后康熙皇帝为郑成功写一挽联：“四镇多二心，两岛屯师，敢向东南争半壁；诸王无寸土，一隅抗志，方知海外有孤忠。”康熙皇帝也是叹惋郑成功“孤忠”之可贵与不易，这首诗明显比康熙写给施琅的那首真诚。

《鹿鼎记》中概述如下：“郑成功从荷兰人手中夺得台湾。桂王封郑成功为延平郡王、招讨大将军。永历十六年（康熙元年）五月，郑成功逝世，其时世子郑经镇守金门、厦门，郑成功之弟郑袭在台湾接位。郑经率领大将周全斌、陈近南等回师台湾，攻破拥戴郑袭的部队，而接延平郡王之位。郑经长子克臧，次子克塽，自郑成功的父亲郑芝龙算起，郑克塽已是郑家的第四代了。”

这里提到的陈近南就是陈永华的化名，冯锡范与郑克塽在《鹿鼎记》中也有许多戏份。

陈近南与天地会

金庸先生曾道：“我一直敬佩历史上那些舍生取义、坚持理想的英雄，非常执着地追求信义，为了守信和道义不惜牺牲生命。”陈近南就是他说的这类英雄。

《鹿鼎记》第一回中，金庸先生借吴六奇之口介绍了陈近南的情况：“‘海内奇男子’五字，愧不敢当。……我们天地会总舵主陈永华陈先生，又有一个名字叫作陈近南，那才真是响当当的英雄好汉，江湖上说起来无人不敬，有两句话说得好：‘平生不识陈近南，就称英雄也枉然。’在下尚未见过陈总舵主之面，算不了什么人物。”他还提道：“天地会的势力已逐步扩展到北方诸省，各个大省之中都已开了香堂。”

第一回的结尾处陈近南出场，“一个三十来岁的书生现身舱口，负手背后，脸露微笑”，他出手杀了清廷的探子，救了黄宗羲、顾炎武一行，待顾炎武他们出船看时，他文质彬彬地笑道：“贱名适才承蒙黄先生齿及，在下姓陈，草字近南。”由此，一个武功高深又颇具文质的陈总舵主就跃然纸上了。

《鹿鼎记》中韦小宝的出场其实也与陈近南和天地会有关，当时盐枭到丽春院寻仇，茅十八因为听不得盐枭辱骂天地会，所以出手，引得韦春芳笑场，盐枭恼羞成怒地打了韦春芳，这才引出韦小宝的出场维护母亲。对于这种先声夺人的渲染手法，金庸先生明显借鉴了《三国演义》的情节。

金庸先生评价《三国演义》时说：“就文学而论，它的人物塑造功夫也确是第一流的，中国后世的小说家都从其中吸取了营养。”“它的布局和气氛安排也是高明至极，例如刘备三顾茅庐，一步一步把本书的主角诸葛亮从喧天的锣鼓声中引出场来……”《鹿鼎记》第八回中，陈近南第二次出场便明显与罗贯中在“三顾茅庐”中描述诸葛亮出场的手法一致。

那一回的回目是“佳客偶逢如有约　盛名长恐见无因”，回目中的“佳客”与“盛名”自然都是指陈近南，他也是在那回收韦小宝为徒的。“韦小宝跟着茅十八从扬州来到北京，一路之上，听他言谈之中，对一般武林中人物都不大瞧在眼内，唯独对这陈总舵主却十分敬重，不知不觉间受了感染，心中也不敢再骂人了。”

浑不吝的韦小宝遇到了他人生中的如父恩师，他见“这人神色和蔼，但目光如电，直射过来，不由得吃了一惊，双膝一曲，便即拜倒”。陈近南俯身扶起他，“韦小宝本来脸皮甚厚，倘若旁人如此称赞，便即跟着自吹自擂一番，但在这位不怒自威的总舵主面前，竟讷讷的不能出口”，“韦小宝抬起头来，和他目光一触，一颗心不由得突突乱跳，满腹大吹法螺的胡说八道霎时间忘得干干净净，一开口便是真话”，这便是所谓正气凛然，令人不敢造次。

《鹿鼎记》中的陈近南与韦小宝情如父子。陈近南是正人君子，毫无私心，同时也并不死板教条。陈近南遭冯锡范伏击时，韦小宝用石灰粉解围，陈近南并没有像茅十八一样迁怒于小宝，反而还夸他机智。

张乐林认为，金庸让韦小宝“幸运”地被这样一位大侠收为弟子，韦小宝从书场戏台上得来的一点关于侠义的种子，就有了持续成长的光源和水源。陈近南对于韦小宝的影响，却又始终被作者以相聚短暂的方式控制为一种熏陶和笼罩，这是一种有距离的影响。因为有距离，就有效地规避了陈近南的行为方式在韦小宝世界中的具体化，作为一个少年，韦小宝如果跟在陈近南的身边，恐怕行为方式会得到相当大的改变，那么我们就看不到“这一个”韦小宝了。同样因为有距离，韦小宝对侠义精神的领会，因为不具体而显得混沌却境界更为开阔。虽然有距离，以陈近南为象征的侠义精神对韦小宝是有巨大控制力的，这使得韦小宝每每到了关键时刻，能够放弃通常的实用主义原则，以侠的担当和勇气，甘冒奇险去救朋友，又因为韦小宝的侠义是混沌开阔的，所以他的勇气和担当是针对所有朋友的，无论是康熙还是天地会，韦小宝适用同样原则。

陈近南为了“反清复明”鞠躬尽瘁，“韦小宝和他站得近了，看得分明，见他两鬓斑白，神色甚是憔悴，想是这些年来奔走江湖，大受风霜之苦，不由得心下难过，要想送些甚么东西给他”，于是把自己苦心集齐的《四十二章经》中有关大清龙脉和宝藏秘密的碎羊皮拿出来，交给陈近南，这么大的秘密韦小宝也只向陈近南一个人全盘托出。

陈近南并没接受，他稍得安慰地对徒弟感慨：“小宝，你师父毕生奔波，为的就是图谋兴复明室，眼见日子一天天过去，百姓对前朝渐渐淡忘，鞑子小皇帝施政又很妥善，兴复大业越来越渺茫。”并表露心迹：“当年国姓爷待我恩重如山，我早誓死相报，对他郑家的事，那是鞠躬尽瘁，死而后已。”“我这条命不是自己的了，早已卖给了国姓爷。人生于世，受恩当报。当年国姓爷以国士待我，我须当以国士相报。眼前王爷身边，人材日渐凋落，我决不能独善其身，舍他而去。唉！大业艰难，也不过做到如何便如何罢了。”

说到这里，陈近南意兴萧索，知其不可为而为之，读来心生悲凉。感性地讲，这就是纳兰性德感慨的：“谁念西风独自凉，萧萧黄叶闭疏窗，沉思往事立残阳。”理性地讲，这就是鲁迅先生说的：“人最苦的是梦醒了却无路可走。”

在通吃岛上，陈近南晓施琅于大义，本来施琅已经回心转意，陈近南却被“自己人”冯锡范和郑克塽搅局，更被偷袭，“背心上一痛，一柄利刃自后背刺入，从胸口透了出来。这一剑却是郑克塽在他背后忽施暗算。原本凭着陈近南的武功，便十个郑克塽也杀他不得，只是他眼见施琅已有降意，却被郑克塽骂走，心知这人将才难得，只盼再图挽回，万万料不到站在背后的郑克塽竟会陡施毒手”。直到这个时候，陈近南终于成就了自己做真的猛士，既面对了惨淡的人生，还不得不正视淋漓的鲜血——自己的鲜血。

《鹿鼎记》中的第一大英雄陈近南，终成一位顶天立地的悲剧英雄。他是“反清复明”的旗手，而今被自己维护的主子从背后杀死，他的死意味着小说中“反清复明”彻底无望。

陈近南的死在文学家木心的眼中，或许是一种愚忠：“古人最高情感是‘忠’，偏偏错用‘忠’。忠于国，忠于君，忠于父母谓之孝，忠于夫妻谓之贞，忠于兄长谓之悌，忠于朋友谓之义——往往愚忠。”但是，木心也没有彻底否定愚忠的意义：“古人忠而愚，今人聪明了，可是糟糕，真挚的情感也失去了。”陈近南死去，就好像韦小宝内心真挚的情感也在失去。

害死陈近南的郑克塽，是韦小宝的头号情敌，他起初遇到郑克塽就极为不爽，如果说起初韦小宝是因为嫉妒，那从陈近南死开始，他对郑克塽则是刻骨铭心的仇恨。

可悲的只有陈近南和郑克塽吗？当然不是，还有韦小宝本人。陈近南是韦小宝最为敬重的师父，一生为了台湾郑氏鞠躬尽瘁，而又恰恰是韦小宝一手提拔的施琅摧毁了他师父奉献终生的基业。其实，在清廷与天地会水火不容的矛盾冲突中，韦小宝之前努力的种种，终将被自己在另一方的努力所摧毁，双手互搏，输的总还是自己。

历史中真实的陈近南本名陈永华，其父陈鼎是明朝天启七年（1627）举人、崇祯十七年（1644）进士，这也是明朝的最后一代进士。

郑成功高度评价陈永华：“今之卧龙也！”或许这也是引发金庸先生借鉴《三国演义》“三顾茅庐”描写手法的由来。

陈永华为郑成功围攻南京和收复台湾出谋划策，深得信任与器重。郑成功病逝前，要求儿子郑经待陈永华如老师。陈永华不负重托，兴修水利，发展贸易，大兴办学，是把大陆教育推广到台湾的第一人。

陈永华德高望重，容易引起他人嫉妒，其中就有《鹿鼎记》中写到的冯锡范——郑经的侍卫首领。除了嫉妒，还有复杂的政治背景：郑经生了三个儿子，大儿子郑克臧娶了陈永华的女儿，二儿子郑克塽则娶了冯锡范的女儿。

冯锡范为了让女婿上位就必须除掉郑克臧，而要除掉郑克臧就得先除掉陈永华。1680年，陈永华自解兵权，随后病逝。也就是说他并非像《鹿鼎记》中所写的那样是郑克塽所杀，因为历史上的郑克塽在陈永华死的时候才不过10岁。

有学者研究认为陈永华化名为陈近南后，领导了“反清复明”的江湖秘密组织——天地会。这个观点也被金庸先生所采用。

《鹿鼎记》第一回借吴六奇之口介绍过天地会，“国姓爷昔年率领大军，围攻金陵，可惜寡不敌众，退回台湾，但留在江浙闽三省不及退回的旧部官兵却着实不少。陈先生暗中联络老兄弟，组成了这个天地会，会里的口号是‘天父地母，反清复明’”。

也有学者认为陈永华活着的时候，天地会尚未成立，因为清朝官方文件中首次出现天地会是乾隆五十一年（1786）的事情。当时乾隆皇帝注意到天地会这个地下秘密组织，要求各省严查，平定动乱后的第五年得出一个官方结论：天地会成立于乾隆二十二年（1757），创始人是一个和尚，法号云龙，俗名郑开，小名郑洪，而且天地会结构松散，人员管理混乱。

天地会也叫洪门，其组织纵横系统、言谈隐语和暗号手势均是博学之人创造，《鹿鼎记》中有多处情节反映了天地会的这些特点。

第三节　“反清复明”的江湖力量的衰亡

沐王府与王屋派

孟林在《清史讲义》中写道：“吴三桂独专亡明之功，由其手逼取永历帝于缅甸以归，有代沐氏世镇云南之意，封之为平西王，为最强之藩。”这句话也表明了沐王府与前明永历帝的关系。关于沐王府的事迹，江湖上广为流传，英雄好汉皆钦佩不已。

茅十八对韦小宝讲起沐王府：“咱们江湖上汉子敬重沐王府，倒不是为了沐英沐王爷，而是为了他的子孙沐天波。明朝末代皇帝桂王逃到云南，黔国公沐天波，对了，记起来啦，是黔国公，他忠心耿耿，保驾护主。吴三桂这奸贼打到云南，黔国公保了桂王逃到缅甸。缅甸的坏人要杀桂王，沐天波代主而死。这等忠义双全的英雄豪杰，当真古今少有。”

历史基本如茅十八所言。政治血统的勇毅与高贵让沐王府拥有显赫的政治地位和强大的号召力。《鹿鼎记》中创造了一个人物——沐剑声，书中说此人是沐王府的后代，也是韦小宝的媳妇沐剑屏之兄。沐剑声心怀忠义，一心复国，可惜己方势力单薄，又缺乏出类拔萃的人才相助，辛苦一生终是默默无闻。他在书中出现次数不多，整个形象也比较模糊。

我们看到《鹿鼎记》中提到沐剑屏依然以小郡主的规格生活，她哥哥沐剑声走到哪里也都是豪宅落脚，“刘、白、方、苏”四大家将跟着，排场依然大，这就是所谓的“瘦死的骆驼比马大”。

《鹿鼎记》里，天地会是郑成功的下属，郑成功及其子郑经拥护唐王，天地会自然追随。沐王府则始终忠于桂王。虽同是朱明故臣，但国无二君，大明只能有一个正统。天地会和沐王府争得不亦乐乎。

历史上，郑成功确实曾经拥立过唐王，但在《鹿鼎记》故事发生的年代，郑氏早已是永历帝（桂王）的臣子，他的下属天地会不可能和忠于桂王的沐王府发生冲突，因为大家都“拥桂”。

《鹿鼎记》中还有一个“反清复明”的王屋派。“原来王屋派掌门人司徒伯雷，本是明朝的一名副将，隶属山海关总兵吴三桂部下，抗拒满洲入侵，骁勇善战，颇立功勋。后来李自成打破北京，吴三桂引清兵入关，司徒伯雷领兵与李自成部作战，奋勇杀敌，攻回北京。当时他只道清兵入关，是为崇祯皇帝报仇，哪知清兵却乘机占了汉人的江山，吴三桂做了大汉奸。司徒伯雷大怒之下，立即弃官，到王屋山隐居。他旧时部属颇有许多不愿投降满清的，便都在王屋山聚居。司徒伯雷武功本高，闲来以武功传授旧部，时日既久自然而然的成了个王屋派。那是先有师徒，再有门派，与别的门派颇不相同。说起司徒伯雷的名字，张康年等倒也曾有所闻。”

天地会的人对其评价是：“司徒伯雷志在兴复明室，是一位大大的英雄好汉。”

书中说司徒伯雷派儿子司徒鹤带队去京城，想把吴应熊抓回来，逼迫吴三桂起兵反清。后来吴三桂派巴朗星到王屋山请司徒伯雷为自己效力。“司徒伯雷不肯接奉伪诏，要巴朗星回去告知吴三桂，倘若拥戴明帝后代，他决为前驱，万死不辞。但吴三桂当年杀害桂王，现下自己再想做皇帝，天下忠于明朝的志士决计不肯归附。”巴朗星杀死了司徒伯雷并砍下他的首级，自此王屋山派基本再没有力量有所作为。

丐帮与青帮

《鹿鼎记》第一回中，吴六奇对查伊璜坦承身份：“在下本在丐帮，此刻是天地会的洪顺堂红旗香主，誓以满腔热血，反清复明。”

吴六奇回忆说：“那丐帮由来已久，自宋朝以来，便是江湖上的一个大帮。帮中兄弟均是行乞为生，就算是家财豪富之人，入了丐帮，也须散尽家资，过叫化子的生活。帮中帮主以下是四大长老，其下是前后左右中五方护法。在下居左护法，在帮中算是八袋弟子，位份已颇不低。”

吴六奇因醉酒打伤帮中的孙长老而被逐出丐帮，据他自己回忆，后来“帮主和四长老会商，决定收我回帮，重新由一袋弟子做起。又说丐帮已和天地会结盟，同心协力，反清复明。那天地会是台湾国姓爷郑大帅手下谋主陈永华陈先生所创，近年来在福建、浙江、广东一带好生兴旺。孙长老为我引见会中广东洪顺堂香主，投入天地会。天地会查了我一年，交我办了几件要事，见我确然是忠心不贰，最近陈先生从台湾传讯来，封我为洪顺堂香主之职”。

从以上内容分析，吴六奇应该既是丐帮中人，又是天地会的人，这两个身份的重合与丐帮和天地会在“反清复明”目标上的一致性有关。当时天地会内部讨论杀吴三桂，“有的说丐帮中有不少好手加入天地会，必愿与天地会联手，去诛杀这大汉奸”。

当时江湖帮派支持天地会的做法并不鲜见。比如《鹿鼎记》第二回中盐枭闯入妓院寻仇，遭遇茅十八时说：“我们是青帮兄弟，只因天地会一位姓贾的朋友公然辱骂青帮，又说在鸣玉坊中等候我们来评理，因此前来找人。阁下既然不是天地会的，又跟敝帮井水不犯河水，如何便出口伤人？请阁下留下姓名，我们帮主查问起来，也好有个交代。”

其实青帮创立于雍正四年（1726），康熙时这个帮派尚不存在，但这个帮会确实与天地会有些渊源。

倾向于行会性质的青帮并未如天地会那样强调“反清复明”，但作为汉人的民间组织，青帮很大程度上提倡“替天行道”，也认可“反清复明”。

其他“反清复明”的江湖力量

“反清复明”的个人与群体在《鹿鼎记》中有一次大聚会，第二十七回详细描述了这次在河间府举行的“杀龟大会”，这个“龟”是指“吴三桂”。江湖人士对于国仇族恨的认识还比较浅薄，大多数人停留在有怨报怨、有仇报仇的江湖规则的层次上。

来看看这些“反清复明”的人的表现和思想境界。“当下群雄纷纷献计。有的说大伙儿一起去到云南，攻入平西王府，杀得吴三桂全家鸡犬不留；有的说吴贼手下兵马众多，明攻难期必成，不如暗杀；有的说假如一刀杀了，未免太过便宜了他，不如剜了他眼睛，断他双手，令他痛苦难当；有的说还是用些厉害毒药，毒得他全身腐烂。有个中年黑衣女子说道：最好将吴三桂全家老幼都杀了，只剩下他一人，让他深受寂寞凄凉之苦。另一个中年男子道：他投降清朝，是为了爱妾陈圆圆为李闯所夺，不如去将陈圆圆掳了来，让他心痛欲死。又有人道：吴贼虽然好色，但最爱的毕竟是权位富贵，最好是让他功名富贵、妻子儿女都一无所有，沦落世上，却偏偏不死。数百名豪杰大声喝采……”“……预备下的牛肉、面饼、酒水，流水价送将上来，群豪欢声大作，大吃大喝起来。这些豪士酒一入肚，说话更加肆无忌惮，异想天开。”

有勇有谋之士也有，譬如顾亭林，他来参与河间府大会之前便已深思熟虑，“心觉群豪齐心要诛杀吴三桂，大家一鼓作气，勇往直前，要杀了他也未必不能成事。但真正大事还不在杀这汉奸，而是要驱除胡虏，光复汉家江山。如为了诛杀一人而致伤亡重大，大损元气，反而于光复大业有害。学武之人门户派别之见极深，要这数千英豪统属于一人之下，势难办到。……分成一十八省，各举盟主，既不会乱成一团，无所统辖，而每省推举一位盟主也容易得多。……他一倡此议，听得群豪立表赞成，甚为欣慰”。

最后，“福建省是延平郡王的次公子郑克塽，都是众望所归，一下子就毫无异议的推出。其他各省有些争执了一会，有些争持不决，请顾亭林过去秉公调解，终于也一一推了出来。其中三省由天地会的分堂香主担任盟主，天地会可算得极有面子”。

最终推举出了十八省盟主，顾亭林和陈近南两人担任总盟主。但令人没有想到的是，正因为陈近南担任了总盟主，且其领导的天地会分得了三省盟主席位，这彻底激怒了郑克塽，并最终为陈近南引来了杀身之祸。

其实从以上对“反清复明”的江湖人士的白描而言，暴露出两个致命问题：一是团结很难做到，即使按省分盟，也不代表江湖人士可以摒除门户之见；二是陈近南这类有号召力的人士反而得不到自己主子的支持，甚至招来主子的戕害之心，这也是各朝各代一再上演的悖论与悲剧。

我们以《鹿鼎记》中有较多戏份的独臂神尼为例，来蠡测江湖人士“反清复明”必然失败的结局。

独臂神尼身份特殊，她是大明朝崇祯皇帝的女儿阿九，天然具有“反清复明”的热诚。李自成攻进北京城，崇祯皇帝为保妻儿不受侮辱，将皇宫里的女子全部杀掉，当时小名还叫阿九的独臂神尼被斩去一只手臂。流落江湖的她，后来成为青竹帮帮主程青竹的关门弟子，习得一身高超武艺。

于情于理，她都应该是最彻底的“反清复明”者，但是她最后一次露面，是与韦小宝在江边的对话：“大清江山稳固，我不得不承认康熙的确是个好皇帝，我们朱家气数已尽，明室也难以恢复。至于阿珂，你要好好照顾她。是我让她半生坎坷，这辈子也难以补偿。小宝，你好自为之。”从此，她消失于江湖。

中篇

第七章　衣

第一节　马褂与黄马褂

马褂

礼服、常服、雨服和行服是清旗人男子的四种制服。马褂即行服，也是四者中穿着机会和场合最多的。据考证，马褂是从康熙年间逐渐进入权贵阶层的，甚至连军服也开始配置马褂。《陔余丛考·马褂》记载：“凡扈从及出使，皆服短褂，缺襟袍及战裾，短褂亦曰马褂，马上所服也。”《清会典图》记载：“长与坐齐，袖长及肘。”马褂简短，方便骑射，符合清朝马上得天下的传统。

马褂外穿，有单层的，还有夹层的，材质则有绸缎的，也有棉麻的，其颜色大多比较朴素，青色、绀色、黑色最为常见。马褂并非都是无袖的，还有短袖的，也有长袖的。

韦小宝出面协调天地会与沐王府的纠纷时，为了掩饰宫中身份，把自己打扮成富家公子，采购了“一件天青缎子的马褂”。韦小宝这时候因穿上重金买的高端面料的马褂而得意扬扬，没料到自己日后还会穿上马褂中的战斗机——黄马褂。

黄马褂

康熙得知父亲在五台山出家，便考虑让韦小宝代自己去照顾父亲，提笔写道：“敕令御前侍卫副总管钦赐穿黄马褂韦小宝前赴五台山一带公干……”

清代的“黄马褂”是皇帝的最高赏赐之一，只有四种人才会被赏赐：一是皇帝出巡时的心腹随从人员；二是竞技场上比武的优胜者和每年打猎的获胜者；三是有战功的文武官；四是朝廷委以专任职责的特使。

韦小宝应当属于第一种所说的“皇帝的心腹之人”，当然如果擒拿并杀死鳌拜算作“作战有功”的话，第三类他也沾边。屡立奇功的韦小宝，当然不仅有御赐黄马褂的恩典，还同时有加官晋爵、“赏戴花翎”等。

第二节 官帽与官服

罕帖摩在昆明安阜园中见到韦小宝时，“见韦小宝年纪轻轻，但身穿一品武官服色，黄马褂，头戴红宝石顶子、双眼孔雀翎，乃朝中的显贵大官，赐穿黄马褂，更是特异尊荣”。后文还提到，韦小宝住在神龙岛许多年，“这一年孙思克到来颁赏。韦小宝见他头戴红宝石顶子，穿的是从一品武官的服色，知道是升了提督，忙向他恭喜”。

官员服饰是一个国家最正式的服饰，清朝有正式职位官员的官方着装被称为补服，着装中主要包括帽子、外衣、朝珠、朝靴。既然官服是最正式的服饰，那自然就会有明确的着装要求和限制，不同品级严格对应不同的着装。

官帽

清朝官员在正式场合所戴的礼帽又称为“顶戴”，也叫作“顶子”，礼帽顶端有珠子，并有红色绒线制成的帽纬。官帽材质为貂皮，皇帝的帽子材质最为特殊，是紫貂，高级官员的帽子材质是黑貂，一般官员的帽子材质则是黄貂。

帽顶的珠子也被称为“顶珠”，与帽子的材质一样，不同的官阶佩戴的顶珠也不同。清朝礼制严格规范，从一品到九品的顶珠的材质分别是红宝石、珊瑚、蓝宝石、青金石、水晶、砗磲、素金、阴纹镂花金和阳纹镂花金，无顶珠者也就是没有官品。

顶珠的下方还有一根长度两寸的翎管，是用玉翠、珐琅或花瓷制成，用以安插翎羽。翎羽有两类：花翎和蓝翎。花翎是带有“目晕”图案的孔雀翎，“目晕”又被形象地称为“眼”，因其数量的不同而有单眼、双眼、三眼之分，翎眼越多级别越高。蓝翎则由鹖羽制成，无“目晕”，比花翎的级别低。

清朝皇帝赐给臣下花翎的人数极其少，以示珍贵。从乾隆皇帝起至清末，赐三眼花翎的大臣共 7 人，分别是傅恒、福康安、和琳、长龄、禧恩、李鸿章和徐桐，被赐双眼花翎的约 20 人。由此可见，康熙赐给韦小宝“双眼花翎”是极高而罕见的荣耀。

官服

书中写到韦小宝根据孙思克的“服色”变化看出其升官是有据可查的，这个“服色”其实就是清朝的“补服”中的外衣。

清朝各级官员的补服颜色皆为石青色，款式也都是圆领、对襟、平袖过肘、身长过膝。

官品的区别则体现在补子图案和样式的不同。比如武官缀绣的补子图案和样式从一品至九品分别是麒麟、狮、豹、虎、熊、彪、犀牛（七品与八品相同）、海马。据此，各位可以自行想象文中提及的官员的补子都是何种图案了。

第三节　鞋与靴

鞋

茅十八与进京“西选”官员的随从动手时，“韦小宝见桌子四周一条条腿不住移动，这些腿的脚上或穿布鞋，或穿皮靴，自然都是敌人，茅十八穿的是草鞋”。然后他“对准一只穿布鞋的脚，一刀向脚背上剁了下去”。

这个矮身观望的视角后面还多次出现，陶宫娥到太后宫里寻找《四十二章经》，与男扮女装的神龙教头陀动手，“韦小宝身在床底，只见到两人的四只脚。男嗓宫女穿的是灰色裤子，黑缎鞋子。穿绿鞋的双脚疾进疾退，穿黑鞋的双脚只偶尔跨前一步，退后一步”。

《鹿鼎记》中提到穿草鞋的只有两个人：一个是江湖人士茅十八，另一个是痴迷陈圆圆、甘为奴仆的百胜刀王胡逸之。如果说草鞋是底层劳动人民的显著标志，那布鞋和皮靴则因质地不同而分三六九等。

在宫里，假太后指使肥婆柳燕追杀韦小宝，她穿的则是“红色绣金花的缎鞋”。逃出神龙岛后，双儿和韦小宝展开了逃亡之旅，衣衫破烂。双儿打鹿，给韦小宝换上了“新做的鹿皮衣裤，连鞋子也是鹿皮做的”。

靴

小说中提到最多的鞋就是靴子。靴子的外形是鞋帮略呈筒状，高度盖住脚踝。清朝靴子的材质主要采用丝织绸缎，辅料则为皮、布等，穿用时更为华贵舒适。

在靴子的款式上，清朝最常见的是“粉底皂靴”，色彩上是黑白分明，按规定，这种靴子只有文武百官可穿，平头百姓不能穿。

韦小宝邂逅康熙时，“靴声响到门口，那人走了进来。韦小宝从桌底下瞧出去，见那靴子不大，来人当是个和自己差不多年纪的男孩”。北京故宫博物院收藏的康熙帝画像中，康熙脚着粉底方头皂靴。

韦小宝进宫后基本上都是穿靴子，其中一个重要的原因就是他“靴筒中带得有匕首”，这是他的撒手锏和救命法宝之一。全书有几十次提到韦小宝从靴筒中抽出匕首和放回匕首，而书中还有一位女性也在靴筒中放匕首，那就是建宁公主。有一回她和韦小宝玩得过分了，“悄悄取出藏在小蛮靴中的短刀，冷不防的忽施偷袭，左足踏住他背脊，提刀在他左腿右腿各戳一刀”。靴中放物在当时常见，李光庭《乡言解颐》写道：“世有轻如袖纳，重异腰缠，比带胯刀而不方，视荷囊而甚扁者，靴掖是也。”

韦小宝还曾被人脱靴以示爱戴。“台湾百姓知道朝廷所以撤销举台内迁旨意，这位少年韦大人厥功甚伟，人人感激，万民伞、护民旗等送了无数。韦小宝上船之际，两名耆老脱下他的靴子，高高举起，说是留为去思。这‘脱靴’之礼，本是地方官为官清正，百姓爱戴，才有此仪节，意为盼望他留官不去。”这个旧俗据说现在还偶有出现。

第四节　裘皮与珠宝玉石

巫仁恕在研究明清妇女与奢侈的关系问题时，从整个社会历史背景入手，认为："到清初因为天灾人祸以及清政府强化礼法的政策，使得奢侈风气稍衰，但是江南地区在顺治后期又开始出现奢侈的现象，直到康熙朝中期奢侈风气再次逐渐地弥漫开来，至于其他内地的省份大约到雍正朝以后社会风气也开始走向奢侈。"由此可见，《鹿鼎记》所写时代的奢侈风已经刮了起来。

韦小宝出面协调天地会与沐王府的纠纷时，为了掩饰自己在宫中当差的身份，把自己打扮成富家公子，"外面一件长袍是火狐皮的里子，在领口和衣袖外翻出油光漂亮的毛皮"，"去珠宝店买了一只大翡翠戒指，又叫店中师傅在一顶缎帽上钉上一大块白玉、四颗浑圆明珠"。韦小宝被康熙派到辽东，畏惧天寒地冻，索额图安慰他："我回头送一件火貂大氅来，给兄弟御寒。"这两处细节其实提到的是清朝时期富贵人家所注意的两类东西：皮草与珠宝玉石。

书中还描写洪教主送给俄罗斯总督的礼品中也有"大东珠一百

颗，貂皮一百张”。莫东寅在《明末建州女真》一书中认为满族人当初建赫图阿拉城时所用资金就是用毛皮、宝石和人参等换来的。

裘皮

《天工开物》对于裘皮的种类、材质、功效、产地和价值有清楚的描述：“凡取兽皮制服统名曰裘。贵至貂、狐，贱至羊、麂，值分百等。貂产辽东外徼建州地及朝鲜国。其鼠好食松子，夷人夜伺树下，屏息悄声而射取之。一貂之皮方不盈尺，积六十余貂仅成一裘。服貂裘者立风雪中，更暖于宇下。眯入目中，拭之即出，所以贵也。色有三种，一白者曰银貂，一纯黑，一黯黄。（黑而毛长者，近值一帽套已五十金。）凡狐、貂亦产燕、齐、辽、汴诸道。纯白狐腋裘价与貂相仿，黄褐狐裘值貂五分之一，御寒温体功用次于貂。凡关外狐取毛见底青黑，中国者吹开见白色以此分优劣。”既然“貂产辽东外徼建州地”，那满族人就地取材也就是自然而然的事了。

珠宝

我们再来看看珠宝。《天工开物》记载：“凡珍珠必产蚌腹，映月成胎，经年最久，乃为至宝。”“凡珠在蚌，如玉在璞。”我国古代按南北将珍珠产区进行划分，东北产区的被称作北珠，又称东珠，是以淡水珠为代表的；南方产区的被称作南珠，是以海水珠为代表的。

洪教主给俄罗斯总督送“大东珠一百颗”也符合当时的情况。努尔哈赤曾为麻痹明廷而进献东珠，大获恩赏与信任。清朝统治中国后，对产自“龙兴之地”的东珠更为珍视，东珠在珠宝界的价值和地位在这个时期变得特殊而重要。除去对产自“龙兴之地”的感情偏好，从外形上看东珠也胜南珠一筹。因为以上两个原因，清廷将东珠作为皇亲贵族的特供饰品，并“以多少分等秩”。

清廷还专门设有“布特哈乌拉总管”，该机构的重要职责就是为宫廷采东珠等东北特产。这个机构里有一个部门叫作“珠轩”，专事采珠。在这种需求下，清朝的东珠采捕规模日渐扩大，乃至后来采捞无度，导致东北黑龙江流域的东珠资源几乎竭尽。

玉石

我们再来看玉石。韦小宝在帽子上镶着“一大块白玉”，《天工开物》有载：“玉璞不藏深土，源泉峻急激映而生。然取者不于所生处，以急湍无着手。俟其夏月水涨，璞随湍流徙，或百里，或二三百里，取之河中。凡玉映月精光而生，故国人沿河取玉者，多于秋间明月夜，望河候视。玉璞堆聚处，其月色倍明亮。凡璞随水流，仍错杂乱石浅流之中，提出辨认而后知也。”“凡玉唯白与绿两色。”

至于韦小宝所戴白玉是什么类型的玉石我们无法考证，但清朝作为中国玉器发展的一个高峰时代，他买的“翡翠戒指”值得详聊。

翡翠是在明朝以后传入中国的，腾冲的翡翠业发展最早。徐霞客于明末途经腾冲时，获得两块翡翠，他将与翡翠有关的当地见闻如实记录文中，也就是说，翡翠作为玉石第一次正式出现在中国古代文献中是徐霞客做出的贡献，《徐霞客游记》对翡翠文化的发展厥功甚伟。

翡翠真正流行起来则是在清朝。韦小宝在康熙年间可以买到“翡翠戒指”，其实依然是一种权贵阶层的小众嗜好，翡翠真正在中国成为流行时尚是在康熙的孙子乾隆皇帝执政时期。

第五节　特色服饰及其材质

“职业装”

《鹿鼎记》开头，一群手拿钢刀或铁尺铁棍的大汉冲进丽春院，“这些大汉短装结束，白布包头，青带缠腰”，“众盐商一见，辨认出是贩私盐的盐枭”。由此可见，那个时候盐枭的“行业打扮”已经具备很高的辨识度，甚至可以算得上是“职业装”了。

清朝盐商做食盐买卖，必须持有官府颁发的盐引。也就是说“盐”与“引”不得分离，否则罪至死刑。由此可见，当时贩私盐的盐枭确实是在拿命赚钱，其穿着打扮像江湖上的亡命之徒也就不奇怪了。

皮衣裤

韦小宝跟随茅十八进京，在饭馆里遇到郑王爷府里的七名布库，“都光着上身，穿了牛皮裤子，辫子盘在头顶，全身油腻，晶光发亮，似是用油脂自顶至腿都涂满了”。布库穿的“牛皮裤子”具有明显的游牧民族特色。

清王室是女真族的后裔，而“摔跤赌羊”则是女真族传统文化生活中的特色之一。《金史》中有这样的记载：“蒲察世杰本名阿撒，为人多力，每遇武士角力赌羊，辄胜之。”摔跤也不局限于女真族和满族内部，尤其是木兰围场建立后，康熙皇帝每年都要和蒙古各部宴会联欢，其中便有大力士现场表演摔跤，也就是布库表演摔跤，这甚至成为“赛宴四事”之一。

清朝的皇帝会封蒙古摔跤手为勇士，也叫“巴图鲁”，有时候还赐给他们豹皮长袄或虎皮长袄。当然，即使在当时，豹皮、虎皮也比牛皮珍贵太多。

茧绸

除了盐枭或布库的一些具有特色的穿着服饰，《鹿鼎记》中也提到一些颇有特色的服饰原材。康熙为了查假太后的姘头胖头陀的来历，便让尚衣监的总管太监去查胖头陀遗留的衣服，得到的回复是：“内衣内裤，是辽东的茧绸，出于锦州一带。”

金庸先生貌似对“茧绸”情有独钟，比如他在《飞狐外传》里也提到过茧绸，胡斐躲在草丛之中看马春花打拳，“只见马春花左腿高高踢出，足尖几乎过顶，山东茧绸的裤筒垂了下来，露出她小腿的一段白肉”。

金庸先生在小说中提到茧绸的这两处产地——山东和锦州——有历史传承关系，即山东是茧绸的发源地，锦州那里的茧绸应该是从山东传过去的。《鹿鼎记》里之所以说胖头陀穿的内衣料子出自辽东，或许是为了与书中“神龙岛”所在的地域相匹配。山东昌邑是当时茧绸最重要的产地和集散地，因为它处在山蚕养殖的策源地和山茧的主要产地山东，并邻近《鹿鼎记》中所提到的山茧的另一重要产地辽东。

曹寅（曹雪芹的爷爷）的内兄李煦对昌邑茧绸的发展有着巨大的影响。李煦的出生地就是昌邑，康熙时他任苏州织造期间，与昌邑老家的族人过往甚密，于是近水楼台先得月，族人们将江南先进的丝织技术带回了昌邑，使昌邑这个桑柘难生的地方成了世界闻名的丝绸之乡，这算是李煦对家乡做的一项贡献吧。冯其庸先生曾于 20 世纪 90 年代初到昌邑考察，后撰写《关于李煦》一文，其中也指出了李煦与昌邑丝绸业的关联。

第八章 食

第一节　茶与酒

普洱茶与龙井茶

常言道：开门七件事，柴米油盐酱醋茶。这句流传甚广的话出自宋末吴自牧之口，其意通俗易懂。从字面上理解，就是说至少从宋末时，柴米油盐酱醋茶就已成为人们的日常用品，但放在最后的“茶”或许才是“开门七件事”中最能体现一个人社会身份和生活品位的。

《鹿鼎记》中提到了两种茶：一是云南普洱茶，二是龙井茶。

韦小宝让御膳房给沐剑屏做云南菜，小太监送来云南特色菜时还有一壶茶，“壶里泡的是云南普洱茶”。金庸先生在书中解释，御膳房之所以有云南各类特产，皆是平西府进贡来的，这与史实不冲突。

清朝《宫中进单》中便有清朝十三省贡茶的清楚记载，其中包括云南省“普洱芽茶”“普洱茶团”等。

普洱茶这个叫法是由民间茶叶交易自然形成的，并在明代正式载入史书。康熙时期，普洱茶已处于鼎盛时期，不仅国内畅销，而且作为“茶马市场”中的重要物资易换马匹。

清朝的贡茶清单中有大量的普洱茶，但实际上彼时贡茶享用者的主流爱好还是喝绿茶，绿茶以新为贵，比如《鹿鼎记》中两次提到的龙井茶。

一次是韦小宝鞍前马后地伺候前明公主——九难尼姑，为她泡盖碗茶“极品旗枪龙井茶叶”。还有一次是在昆明，陈圆圆邀请韦小宝在庵里会面，有道姑奉茶和点心，“韦小宝揭开碗盖，一阵清香扑鼻，碗中一片碧绿，竟是新出的龙井茶叶”。

如果说前文中最先提到的普洱茶是御膳房提供的贡品茶，那么这两次提到的龙井茶在档次上也毫不逊色，而且貌似更受金庸先生推崇。理由如下：一是先有韦小宝提供给前明公主饮用，后有天下第一美人陈圆圆为钦差大臣提供，无论是提供者还是饮用者都非常尊贵；二是两次提到龙井茶都有谈到茶具，描述很有仪式性；三是前后使用“极品”“竟是”这类词汇，字里行间透露出龙井茶之尊贵与其新茶的稀罕。

龙井茶，顾名思义，得名于一口井——龙井，位于杭州西湖西翁家山，相传这眼井与海连接，其中有龙畅游其间，因称龙井，还传说晋代葛洪曾在此炼丹。龙井茶名扬天下久矣，但真正兴盛则还是在清朝。康熙在杭州设立行宫时，将龙井列入贡茶，乾隆更是把狮峰山下胡公庙前的十八棵茶树封为“御茶”。清《宫中进单》记载，清朝十三省贡茶中就有浙江省的“龙井茶”“龙井雨前茶”“龙井芽茶”等。

龙井茶出现在当时的昆明并不奇怪，因为普洱茶能到北京，龙井茶自然也可到云南，作为当时富可敌国的吴三桂的女人，更非不

杭州西湖

可能得到了。

金庸先生对龙井茶的喜爱在书中自然流露：一是因为龙井茶是金庸先生家乡浙江的特产，他自小习惯其口味；二是他与龙井茶的产地杭州的渊源。我在《繁复世情，璀璨江湖——漫谈金庸经典之〈射雕英雄传〉》一书中曾提到过："金庸先生的第一段爱情便是萌芽于杭州，其爱恋对象杜冶芬女士也是他 1947 年时在杭州《东南日报》工作有缘结识的。"不知道金庸先生写陈圆圆给韦小宝提供的龙井茶时，是不是也会想起自己魂牵梦萦的初恋爱人。

黄酒与花雕酒

张潮在《幽梦影》中写道："胸中小不平，可以酒消之，胸中大不平，非剑不能消也。"武侠小说中就没有不提到酒的。《鹿鼎记》中写到喝酒的场景大大小小不计其数。明朝开始，直到清中叶，无论地域，黄酒基本上占据了主流世界。

查伊璜偶遇吴六奇，一见如故，"当即命书僮捧出一大坛绍兴女儿红来"。女儿红就是黄酒中的一种，用糯米和红糖发酵而成。

查伊璜酒量不敌吴六奇，颓然醉倒，"要知那绍兴女儿红酒入口温和，酒性却颇厉害。绍兴人家生下儿子女儿，便酿数坛至数十坛不等，埋入地下，待女儿长大嫁人，将酒取出宴客，那酒其时作琥珀色，称为'女儿红'。想那酒埋藏十七八年以至二十余年，自然醇厚之极。至于生儿子人家所藏之酒，称为'状元红'，盼望儿子日后中状元时取出宴客。状元非人人可中，多半是在儿子娶媳妇时用以飨客了。酒坊中酿酒用以贩卖的，也袭用了状元红、女儿红之名”。

今日扬州非著名产酒地，但历史上扬州的酒业也曾一度兴旺，而且还出过不少地方名酒。扬州产名酒的最早记载是在宋代，苏东坡在《泗州除夜雪中黄师是送酥酒二首》中有“扬州云液却如酥”的诗句便是例证。清代的扬州酒业多为前店后作，《扬州画舫录》中有翔实记载。扬州本地的黄酒，历史上比较有名气的是曹蒲酒。古代扬州毗邻长江和京杭大运河，河边蒲草生长旺盛，当地人酿酒封缸时习惯采用草蒲做盖。窖藏多年后，此酒蕴含蒲草的清香，饮后口齿留香，令人心旷神怡。曹蒲酒作为唐宋时期淮扬地区的传统名酒，元朝以后，逐渐淡出人们的视野，但黄酒从未在扬州地区绝迹。

此外，小说中写到钱老本把沐剑屏和方怡装在“两口洗剥得干干净净的大肥猪”中运进宫里，为掩人耳目，当着其他太监的面的说辞是“养得有两口茯苓花雕猪”，其饲养方法十分金贵，“渴了便给喝花雕酒”。花雕酒也是黄酒的一种，由糯米、优质麦曲和江南纯净的湖水酿制，营养丰富，代表了源远流长的中国酒文化。在各地的花雕酒当中，字号最老的当数浙江绍兴的花雕酒。

可见，钱老本虽然是胡吹用花雕酒给猪当水喝，但是吹得也并非完全没有科学根据。

第二节　御膳房的品质

清代皇室的饮食习惯与我们现在不同，并非一日三餐，而是沿袭满族的饮食习惯，一天两餐，上午八九点的被称为“早膳”，下午一两点的被称为“晚膳”。这早晚两次用膳后都有一顿加餐。

清朝皇帝日常进餐的地点，一般在办公场所或寝宫。皇上如果没下特别旨意的话，一般都是独自进餐。内务府制定的菜谱一般保证每顿主菜八样、小菜四样，再加火锅、粥汤、主食多种。

内务府负责宫廷御膳的就是御膳房。关于御膳房的各类传说很多，其实也并非外界传的那样神乎其神。

实际上，故宫内的御膳房有两处：一处叫“内御膳房”，在养心殿侧，专门为皇帝饮食服务；一处叫“外御膳房”，在景运门外，有时还为值班大臣备膳，甚至能承担“满汉全席”。

带韦小宝进宫的就是尚膳监海大富。海大富死后，皇太后颁下懿旨，韦小宝升任尚膳监副总管太监，这也是韦小宝的第一个官位。这个职位自然也是好处多多，除了下属的“心意”，还有各种采购

“回扣”。这一点在钱老本给宫里供奉猪肉时还要给太监们送银票得到印证，“供奉宫中猪羊牛肉、鸡鱼蔬菜的商人，平时都给回扣，向有定例”。

韦小宝第一次接触到御膳房出品应该是点心。他第一次赌博返回，误打误撞，走进一屋，“只见桌上放着十来碟点心糕饼，眼见屋内无人，便即蹑手蹑脚地走了进去，拿起一块千层糕，放入口中。只嚼得几嚼，不由得暗暗叫好。这千层糕是一层面粉夹一层蜜糖猪油，更有桂花香气，既松且甜……”吃完千层糕，他又陆续偷吃了“一只小烧麦”“一块豌豆黄”，临躲到桌底前还“忙拿了一个肉末烧饼”。

《鹿鼎记》中还有一回，奉太后懿旨，小宫女蕊初带着韦小宝走进一间小厢房，“打开一具纱橱，橱中放着几十种糕饼糖果”，“取出一盒松子糖来，松子香和桂花香混在一起，闻着极是受用”。再后来，韦小宝给沐剑屏拿糕点时，分别有“玫瑰绿豆糕”“豌豆黄”等，还问她是否吃“葱油薄脆，又香又脆，世上少有。连皇上都爱吃……”

御厨房做点心只是业务之一，做菜更拿手。比如，韦小宝让小太监送晚餐，送来的菜有“糟溜鱼片”“蒜泥白肉”“镇江肴肉”“清炒虾仁”和“口蘑鸡脚汤”等，但是沐剑屏都不吃，他为了讨好小郡主又吩咐小太监：“我今日想吃些云南菜，你吩咐厨房即刻做了送来。”

过了一会儿，小太监再送菜来，是这样报告的：“桂公公，厨子叫小人禀告公公，这过桥米线的汤极烫，看来没一丝热气，其实是挺热的。这宣威火腿是用蜜饯莲子煮的，煮得急了，或许不很软，请公公包涵。这是云南的黑色大头菜。这一碟是大理洱海的工鱼干，虽不是鲜鱼，仍十分名贵，用云南红花油炒的。壶里泡的是云南普洱茶。厨子说，云南的名菜汽锅鸡要两个多时辰才煮得好，只好晚上再给桂公公你老人家送来。”

金庸先生在小说中给出的说明是：“吴三桂进贡给皇帝的，除了金银珠宝、象牙犀角等等珍贵物品外，云南的诸般土产也应有尽有。正因如此，御厨房要在顷刻之间煮几味云南菜，并不为难。”

韦小宝后来在伺候白衣尼吃素食时，“只要市上买得到，什么人参、燕窝、茯苓、银耳、金线菇，有多贵买多贵。他掌管御厨多时，太后、皇帝每逢佛祖诞、观音诞或是祈年大斋都要吃素，他点起素菜来也十分在行”。

《鹿鼎记》中还多次提到汤，比如海大富在韦小宝喝的汤里下毒，韦小宝曾诱惑沐剑屏说“这一碗口蘑鸡脚汤，当真鲜美无比”。再比如假太后知道韦小宝是神龙教教主特使身份后，“亲自斟了一碗参汤，双手奉上”。而且多次提到康熙饮汤，有一次就是在擒拿鳌拜后，“康熙喝了宫女端上来的一碗参汤”，还有一次是韦小宝从云南寻得情报回来，“一名小太监送上一碗参汤。康熙接过来喝了，对小太监道：‘你给韦副总管也斟一碗来。’韦小宝磕头谢恩，喝了参汤”。

看到这里，你以为原材料充足，专业烹饪人员分工精细，烹饪技术高超，那皇帝想吃什么就能吃什么了吧？那可就错了，书中写到宫中御膳房有经验的太监对韦小宝透露了一些机宜：“宫里的规矩，凡是稀奇古怪的食物，是不能供奉给皇太后、皇上和贝勒、公主们的。倘若吃了有一点儿小小乱子，大伙儿有几颗脑袋？”“太后和皇上的菜肴，一切时鲜果蔬，都是不能供奉的。”“不过有些一年之中只一两月才有的果蔬，咱们就不能供奉了。倘若皇上吃得入味，夏天要冬笋，冬天要新鲜蚕豆，大伙儿又只好上吊了。”

此处渊源应来自鲁迅先生的杂文《谈皇帝》：“皇帝是很可怕的。他坐在龙位上，一不高兴，就要杀人；不容易对付的。所以吃的东西也不能随便给他吃，倘是不容易办到的，他吃了又要，一时办不到；——譬如他冬天想到瓜，秋天要吃桃子，办不到，他就生气，杀人了。”

第三节　南北方特色小吃与零食

清初民间餐饮虽没有宫廷食材丰富珍贵，但也逐渐形成了许多当地特色美食，带有地理性标签的闻名特产。

茅十八带着韦小宝往北京走的途中，遇到平西王府任命的官员进京，“小镇上的小饭店中无甚菜肴，便只肴肉、熏鱼、卤水豆腐干、炒鸡蛋。那群人中为首的吩咐取出自己带来的火腿、风鸡佐膳”。镇上的小饭店提供的都是家常菜，火腿和风鸡则是典型的云南特产了。

韦小宝与沐剑屏斗嘴时，提到“酱油要九蒸九晒呢。就算煮狗肉，也要连滚三滚。有道是：狗肉滚三滚，神仙站不稳”。沐剑屏反嘴后，他又道“酱油煮狗肉，就是红烧狗肉。不用酱油，是清炖狗肉”。可见当时狗肉在南方也是一种佳肴，当然放在当今的动物保护主义者眼中，这是一种残忍。前文提到过御膳房还曾按照韦小宝的要求做了许多云南菜，那些菜流传至今依然是当地特色菜肴。

小说中还有颇具北京特色的北方小吃和零食的描述。韦小宝出宫去往设在东城甜水井胡同天地会的秘密据点，胡同口的暗哨共三人。“离胡同口十来丈处停着一副馄饨担子，卖馄饨的见到韦小宝，拿起下馄饨的长竹筷，在盛钱的竹筒上托托托地敲了三下”，“隔着数丈处，有人挑了担子在卖青萝卜，那人用削萝卜的刀子在扁担上也这般敲击”，还有一个“卖冰糖葫芦的小贩”。后来皇太后还让九门提督府把天桥附近卖冰糖葫芦的都抓走，“差役手中举着七八个麦秆扎成的草把，草把上插满了冰糖葫芦”，当然，她把韦小宝编造的卖冰糖葫芦者是其秘密联络员的话信以为真了。

金庸先生寥寥几笔，把挑担卖馄饨的、卖青萝卜的、举着草把卖冰糖葫芦的京城特色小吃勾画得生动具体，活灵活现。纵观《鹿鼎记》全书，包括金庸先生其他几部小说中写到美食的，着墨最多的是南方点心，特别是他家乡浙江及其周边地区的美食特产。

比如韦小宝初遇双儿，双儿给他拿了两个甜粽和两个咸粽，“浙江湖州所产粽子，米软馅美，天下无双。扬州有湖州粽子店”，所以韦小宝吃出了是湖州粽子。韦小宝第一次在昆明见到吴三桂，得知他“原籍扬州高邮”，心中想的是“原来你是高邮咸鸭蛋”。陈圆圆邀请韦小宝到庵里会面，有道姑奉茶和点心，“捧着一只建漆托盘，呈上八色细点，白瓷碟中盛的是松子糖、小胡桃糕、核桃片、玫瑰糕、糖杏仁、绿豆糕、百合酥、桂花蜜饯杨梅，都是苏式点心，细巧异常”。这里提到的“苏式点心”在当时名扬天下，而且基本都是甜口。

陈圆圆是苏州人，她的家乡苏州在清初时是江南地区的中心城市，文化影响力颇大。自清代中叶开始，江南菜品都开始嗜甜。《鹿鼎记》写道：“淮扬细点天下闻名，妓院中款待嫖客，点心也做得十分考究。”“扬州的筵席十分考究繁富，单是酒席之前的茶果细点，便有数十种之多。”

韦小宝再回到扬州丽春院，“韦春芳拿了那碟火腿片进来”，“瞧着儿子吃得津津有味”。火腿是经过盐渍、烟熏、发酵和干燥处理的腌制动物后腿，原产于浙江金华。最早出现“火腿”文字记载的是北宋，《格物粗谈·饮食》中明确记载过其做法。

书中还提到查伊璜在杭州二次遇见吴六奇，“两人到西湖边的楼外楼酒楼，呼酒又饮……”其实，这座知名饭馆一般多认为创建于道光二十八年（1848），清初并不存在，其名得自南宋诗人林升《题临安邸》中的名句“山外青山楼外楼，西湖歌舞几时休”。

楼外楼以西湖醋鱼、龙井虾仁、叫化童鸡、宋嫂鱼羹等江南传统菜肴闻名。1994年金庸先生曾到楼外楼，1997年再次来到楼外楼，专门点了西湖醋鱼和龙井虾仁等菜肴，饭后题词：“杭州佳肴南宋以来名闻天下，楼外楼此中翘楚名不虚传。”

除了南方饮食，书中还提到了一些北方的吃食，只是略显粗糙。比如，韦小宝和双儿到五台山下吃的第一顿是“一碗羊肉泡馍，再吃糖果”；再如，韦小宝和阿珂随白衣尼去找阿琪，在沧州歇宿时，韦小宝到街上去买新鲜蔬菜，“提了两斤白菜、半斤腐皮、二两口蘑从街上回来”，途中还曾买过“口蘑、冬菇、木耳、粉丝”。

还有，韦小宝护送建宁公主去云南大婚，途经开封，当地知府特意供奉了冰镇酸梅汤，请公主消暑解渴，“酸梅汤中清甜的桂花香气弥漫室中”，公主喝了几口说：“难为他小小开封府，也藏得有冰。”建宁公主的意外也非奇怪，早在《周礼·天官》中就记载了“主藏冰之政”的凌人，专门负责指挥开凿并贮存冰以供王室使用，而冰镇酸梅汤也是慈禧太后最为喜爱的夏季饮品。

第九章 住

第一节　紫禁城的用品与建筑

檀香与青铜香炉

紫禁城里的用品自然不凡，韦小宝虽非鉴赏大师，但在宫中耳濡目染，跟宫外人相比也算得上是见识不凡。陈圆圆邀请他到庵里会面时，“茶几上一只铜香炉中一缕青烟袅袅升起，烧的是名贵檀香，韦小宝是识货之人，每次到太后慈宁宫中，都闻到这等上等檀香的气息”。此处提到的香炉和檀香往往搭配使用，书中所写十分考究。

檀香是檀香科植物的内质。此树主要产地是澳大利亚、马来西亚和印度尼西亚，中国台湾也有种植。

中国使用檀香木材的历史悠久，《诗经》中的名句“爰有树檀，其下维萚”便是例证。檀香在宗教界广被尊用，佛教的宗教场所中尤为常见。

马来西亚和印度尼西亚这些檀香的主要产地都曾长期向中国皇帝进贡，比如康熙十二年（1673），就有贡使来华朝拜，所带贡品中便有“黄檀香”。

韦小宝在北京紫禁城里常见香炉和闻到檀香，比如他第一次到上书房所见到的香炉就是一个“青铜古鼎”。

香炉本为祭祀的器具，自古以来，其材质多种多样，既有铜等金属，也有陶瓷玉石等，由这些原材料制成的香炉在康熙年间都已出现。香炉的用途在清代已多样发展，比如熏衣和陈设，这是提升生活质量的用途；敬神供佛，则是自古以来便存在的用途。

香炉外形以方形或圆形最为常见，方形的香炉一般有四足；圆形的香炉则一般有三足。

韦小宝在上书房见到的具体情形是“书桌右首是一只青铜古鼎，烧着檀香，鼎盖的兽头口中袅袅吐出一缕缕青烟”。中国青铜器出现于四五千年前，也就是尧舜禹时代，从铸造工艺、造型艺术及品种而言，世界上没有其他任何一个地方的青铜器可以与中国相比拟。中国最大的青铜器博物馆在中国青铜器之乡——陕西宝鸡市。这座名叫中国青铜器博物院的展馆，曾耗费了笔者整个下午去观摩。

青铜器的本来颜色并不是我们现在看到的青绿色，而是黄金般的土黄色，只是埋在土里生锈后才一点一点变成绿色。

上书房与布库房

韦小宝第一次到上书房中，“但见房中一排排都是书架，架上都摆满了书，也不知有几千几万本”。“韦小宝见那张紫檀木的书桌极大，桌面金镶玉嵌……见桌上摊着一本书，左首放着的砚台笔筒也都雕刻精致。椅子上披了锦缎，绣着一条金龙……书桌右首是一只青铜古鼎，烧着檀香，鼎盖的兽头口中袅袅吐出一缕缕青烟。”

韦小宝也正是用这个古鼎对鳌拜施加了关键一击而立下大功，他“当即奋力端起青铜香炉，跳上龙椅，对准了鳌拜后脑，奋力砸落”。“这香炉是西周古物，少说也有三十来斤重，鳌拜目不见物，难以闪避，砰的一声响，正中头顶。”上书房可谓是韦小宝开始高升的祥瑞之地。

实际上，康熙擒拿鳌拜的地点是在武英殿，而不是《鹿鼎记》中写的上书房。因为只有武英殿，才允许康熙皇帝和小布库练武，而且选择这个开阔的地方，活捉鳌拜也比较容易。

《鹿鼎记》中多次提到上书房，有时候康熙在这里批阅奏章，有时候找韦小宝来谋划事情。而根据史料考证，康熙与韦小宝认识的时候，紫禁城里是没有“上书房”这个称呼的场所的。道光之前一直叫“尚书房”，道光年间才奉旨改为“上书房”。

康熙在紫禁城设的书房共两个，先设南书房，再设尚书房。纵览《清史稿》，可知南书房设于康熙十六年（1677），当时是康熙与翰林院饱读诗书的文官们研讨学问、吟诗作画的地方。金庸先生的先祖查昇的人品与书法深得康熙器重，曾入值南书房三十八载。康熙二十三年（1684），几个皇子都已十余岁，读书启蒙成为头等大事，这才增添了供皇子皇孙学习的场所——尚书房。

文武双全才是皇帝对自己孩子的最高期望，所以除书房的设立，必然也要有习武之处。

《鹿鼎记》中协助擒鳌拜的小布库们平日训练的场所就是布库房。康熙在采取行动前，曾经带韦小宝去现场看布库练功，并告诉他："布库房是武士练武摔跤的地方。"

“马上得天下”是清朝的制胜法宝之一，因此清朝历代皇帝对

南书房

上书房

皇子皇孙的骑射武功的训练也十分重视，并在乾清门内北侧专门设立布库房，供未成年阿哥们舞枪弄棍，练习武功。传授武艺的师傅既有汉人，也有满人，还有蒙古人，一般有三名师傅，轮流为皇子们分门别类地传授各类功夫。

皇帝寝宫与太后寝宫

《鹿鼎记》中在上书房擒下鳌拜后，“韦小宝跟着康熙进内，本来料想皇帝的寝宫定是金碧辉煌，到处镶满了翡翠白玉，墙壁上的夜明珠少说也有二三千颗，晚上不用点灯。哪知进了寝宫，也不过是一间寻常屋子，只被褥枕头之物都是黄绸所制、绣以龙凤花纹而已，一见之下，大失所望……”

后文提到，“其时康熙尚未大婚，寝宫和皇太后所居慈宁宫相距不远”。康熙带着韦小宝去见皇太后，“韦小宝走进门口，迎面又是一道帘子。这帘子全是珍珠穿成，发出柔和的光”。也就是说书中明确说明皇太后的住处叫慈宁宫，但并未明确说出当时康熙皇帝的住处。

慈宁宫始建于明代嘉靖十五年（1536），为前代皇贵妃所居。顺治皇帝和康熙皇帝都很孝顺，因此慈宁宫还时常为太后举行隆重的庆寿大典。

那么，康熙皇帝又住在哪里呢？

康熙初年，也就是《鹿鼎记》写韦小宝与康熙初相遇时，皇帝住在外朝三大殿之一的保和殿。此殿建成于明永乐十八年（1420），顺治二年（1645）始名保和殿。

保和殿

“保和”二字出自《易经》，意为神志内敛，专注守一，神清气淡，志向清明。顺治三年（1646）至顺治十三年（1656），保和殿是顺治的寝宫，大婚也是在这里举行的。康熙自即位至康熙八年（1669）也居住在这里，时称“清宁宫”。

康熙八年（1669）是一个节点，需要我们认真厘清。这一年的正月，按照之前太皇太后的懿旨，康熙皇帝的寝宫搬到了乾清宫。而这一年的五月，康熙才扳倒鳌拜，也就是说，韦小宝跟着康熙去的这个皇帝寝宫就是乾清宫。

“乾”就是天的意思，《道德经》里面又有“天得一以清”，故将天地间唯一尊贵的帝王居所起名乾清宫。

乾清宫是明朝的14个皇帝和清朝的顺治、康熙两个皇帝的寝宫，

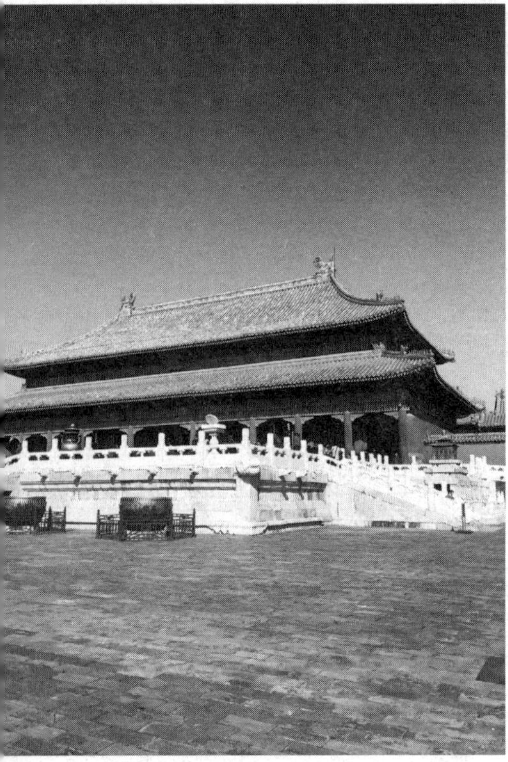

乾清宫・外景

乾清宫・内景

这是其生活功能；同时，这里也是历任皇帝读书学习、批阅奏章、召见官员、接见外国使节的场所，这是政治功能；还时常举行内廷各类典礼，甚至还曾在这里举办皇帝家宴。

故宫里的“正大光明”匾由顺治皇帝御笔亲书，就悬挂在乾清宫正殿宝座上方。这块匾的闻名在于自雍正朝开始，其后藏有“建储匣”，也就是皇帝生前不公开立太子，而将皇位继承人的指定文书封在“建储匣”内。

乾清宫也是停放康熙皇帝灵柩并举行祭奠仪式的地方。

御花园与火场

《鹿鼎记》中的假太后派四个小太监抓韦小宝，机灵的韦小宝“身子一矮，钻入了早就瞧准了的假山洞中。他知御花园这一带的假山极多，山洞连环曲折，钻进去之后，一时还真不容易找到”。

“御花园”这个名称从雍正朝才开始使用。此园从明代永乐十八年（1420）始建，历时18年建成，称“御花园”之前一直名为“宫后苑”。紫禁城最北界的神武门对着的就是御花园。作为皇家宫殿里的园林，御花园并没有想象中那么大，占地仅12015平方米。园内建筑布局采取中轴对称，中路是以钦安殿为主体建筑的院落，东西两路建筑基本对称，东路有堆秀山御景亭、璃藻堂、浮碧亭、万春亭、绛雪轩；西路有延辉阁、位育斋、澄瑞亭、千秋亭、养性斋；还有四神祠、井亭、鹿台等。

御花园中假山众多，叠石遍布，小径曲折，以书中韦小宝的年

御花园·养性斋

御花园·御景亭

纪和身形，藏身不难。

《鹿鼎记》写归辛树夫妇带着儿子归钟到宫里刺杀康熙，“韦小宝给三人挟着走向慈宁宫。归钟见到花园中的孔雀、白鹤，大感兴味”。归钟看到孔雀和白鹤的花园应该也是御花园。

康熙四年（1665），尚可喜上呈暹罗进贡金叶表文，孔雀便是贡品之一。意大利画家郎世宁为康熙时期的宫廷画师，传世之作中有一幅《孔雀开屏图》，此幅画中有两只活灵活现的孔雀，毛羽鲜艳，站姿生动，周围环绕牡丹、樱桃、月季等植物，尤其是牡丹花的富丽与孔雀的缤纷夺目，形成明显的对比色。

御花园绛雪轩西侧被称作“鹤圈”，便是原来养鹤的地方，当时许多宫廷画作中也都描绘过御花园中的鹤。

《鹿鼎记》中还提到一处宫中韦小宝去了数次的场所，便是陶宫娥遇到韦小宝那晚，“绕过雨花阁、保华殿，来到建福宫侧的火场之畔”，“这火场已近西铁门，是焚烧宫中垃圾废物的所在”。

御花园·万春亭

书中这个火场就成为韦小宝和陶宫娥暗中接头的地方。崇祯皇帝的女儿九公主在韦小宝的指点下，“来到北十三排之侧”，跃进宫去，“向西从乐寿堂和养性殿之间穿过，绕过一道长廊，经玄穹宝殿、景阳宫、钟粹宫而到了御花园中”，然后，“出隆福门，过永寿宫、体元殿、保华殿，向北来到火场”，与陶红英碰头。

根据故宫考古报告发现，故宫确实有填埋的碎瓷器，但没有被焚烧过的痕迹。还有人曾在故宫平面图上发现一处标为“西火场”的地方，也并非如书中所说“是焚烧宫中垃圾废物的所在”，但是确实与火有关，确切地讲是与一场火灾有关。此处实际上是建福宫旧址，是乾隆时期建成的。

御花园·钦安殿

建福宫是乾隆皇帝收藏他最钟爱的珍奇文物的地方。1923 年 6 月 26 日夜里，建福宫失火，后来末代皇帝溥仪被驱出皇宫，这片古代建筑群就一直没有修复，只在故宫平面图上留下了“西火场”的标注。1999 年国务院批准复建此处，从而使这里成为至今故宫中唯一被国务院批准的复建工程。

宫城四门

《鹿鼎记》中以点带面地描述了当时故宫之广大、之豪华。如归辛树夫妇逼韦小宝说出宫内的路线，他“心想这也不必相瞒，于是从午门说起，向北到金水桥，折而向西，过弘义阁，经太和、中和、保和三大殿，经隆宗门到御膳房，这是韦小宝出身之所；由此向东，经乾清门至乾清宫、交泰殿、坤宁宫、御花园、钦安殿；从御膳房向北是南库、养心殿、永寿宫、翊坤宫、体和殿、储秀宫、丽景轩、漱芳斋、重华宫。由此向南是咸福宫、长春宫、体元殿、太极殿；向西是雨花阁、保华殿、寿安宫、英华殿；再向南是西三所、寿康宫、慈宁宫、慈宁花园、武英殿；出武英门过桥向东，过熙和门，又回到午门，这是紫禁城的西半部”。

“归氏夫妇听他说了半天，还只皇宫的西半部，宫殿阁楼已记不胜记，不由得倒抽了一口凉气。”“归二娘写了良久，才将皇宫内九堂四十八处的方位写完。”别说归氏夫妇了，就是现在伶俐的年轻人也会听得晕头转向。

金庸先生提到故宫时，有许多细节并非康熙朝所有、所建，但

故宫博物院

对于一部杰出的武侠小说而言，也不必过于苛刻。

韦小宝等书中人物进出往返皇宫经过的宫门是固定和确定的。宫城共计四门，为午门、神武门、东华门、西华门。

紫禁城的正门是午门。从正面看，午门似乎有三个门洞，实际上是五个，左右两个较为隐蔽的为掖门，这就是午门“明三暗五”说法的由来。

午门正中的门洞有哪些人可以进呢？一是皇帝本人；二是皇帝大婚时，皇后可以进一次；三是殿试考中状元、榜眼、探花的三人可以从此门走一次。

那其他人员进出紫禁城走哪个门洞呢？清朝的皇亲贵族从右侧门洞出入，文武大臣从左侧门洞出入。

那两个不起眼的掖门平时关闭，只有皇帝在太和殿举行大典时，才供文武百官出入。

康熙十八年（1679）正月，因为平定三藩取得阶段性胜利，康熙在午门宣布大捷。《鹿鼎记》中提到康熙派韦小宝出征雅克萨前，“午门外具卤簿，陛下张黄幄，设御座，陈敕印，王公百官会集”。

紫禁城的北门是神武门，这里也是皇宫的后门，是日常出入的重要门禁，明永乐十八年（1420）建成时称玄武门。后因避康熙皇帝玄烨名讳改称神武门。

紫禁城的东门是东华门，紫禁城的西门是西华门。

第二节　京城王府与大户宅第

康亲王府

《鹿鼎记》中提到的京城大宅院，相对可考细节较多的有三处：一处是康亲王府，一处是天地会在北京的一处据点，还有一处是沐王府在京租住的大宅。前一处是京城王府，后两处为京城大户宅第。

《鹿鼎记》中描写的康亲王府，基本规制是大门、中门、大厅、二厅、边厅、天井、前花园、后花园、佛堂……那么，一座王府到底是什么样的呢？

爱新觉罗 · 杰书是康熙的堂哥，顺治十六年（1659）袭爵为康亲王。他的王府也叫礼王府，之前是明崇祯皇帝外戚周奎的宅第。康亲王杰书功勋卓著，王府扩址兴建，气势不凡，京城闻名。

《大清会典·工部》记载："凡亲王、郡王、世子、贝勒、贝子、镇国公、辅国公的住所，均称为府。"其中"亲王、郡王称王府"。清朝时，北京城内建有王府 40 多座。"府"与"王府"比较，无论是从建筑品阶还是建设规模来看都小多了，比如在房屋间数、台阶高低、门钉多少等都不能逾制，而且正房不能称殿。至于其他的权贵阶级，即使有再高的头衔也不能称其住宅为“府”，只能称“宅”，或者称“第”。

康亲王府（礼亲王府）于嘉庆十二年（1807）被焚毁，也就是说现在我们能看到的礼亲王府是嘉庆年间再建的格局和模样。此王府在新中国成立后改为民政部办公场所，现为国务院机关事务管理局使用。

清朝的“王府”和“府”统归内务府管理，都是皇产，一旦犯错被撤销了爵位，就要将产权收回内务府。

如果说官宦的园林大多产权并非私有的话，那“宅第”一般都是私产，由住房人建造或购置，天地会在北京的据点和沐王府在北京租住的宅子就可以被称为“宅第”。

大户宅第

在天地会的据点，“一座极大的大厅之中，黑压压地站满了人，少说也有二百多人”；此处设有青木堂尹堂主的灵堂，端上鳌拜首级时，“众人都在磕头”；当听说总舵主陈近南来了时，“群豪来到大门外，只见二三百人八字排开，脸上均现兴奋之色”。这里突出的就是一个面积大，连大门口地界都宽敞。

天地会去找沐王府说理，“一行人来到杨柳胡同一座朱漆大门的宅第之外”，“轻扣门环”，进门后，随白寒枫“到天井之中”，“只见后厅是个灵堂”，后来沐王府发帖邀请天地会青木堂一众人等到“朝阳门内南豆芽胡同”赴宴，这次沐剑声到大宅院门外迎接。

“厅中椅子套上了红缎套子，放着锦垫”，“仆役送上香茶，厅口的鼓乐手又吹奏起来，乃是欢迎贵宾的隆重礼数”。开席是在内厅，“厅上居中一张八仙桌，披着绣花桌围，下首左右各有一桌，桌上器皿陈设虽无康亲王府的豪阔，却也颇为精致”。

金庸先生借韦小宝的思想活动，对当时王府和豪宅做了简要的对比。当时北京宅院布局受四合院建筑和宫苑影响，园林空间划分数量少而面积大，常用中轴对称布局。

查氏也有一处园林——水西庄，被称为清代三大私家园林之一。水西庄是由天津巨商查日乾、查为仁父子在南运河南岸（现天津西头芥园一带）修建的，修建于康熙离世后的第二年，并在乾隆年间继续扩建。乾隆皇帝南巡时先后四次驻跸水西庄，并御笔题名“芥园”，还留下了御笔诗三首。

2001 年，金庸先生专程来到查氏的园林——天津水西庄遗址，并题诗一首：“天津水西庄，天下传遗风。前辈繁华事，后人想象中。”

第三节　江南园林

梨木家具

《鹿鼎记》开篇从江南讲起，韦小宝出生和成长的丽春院其实就颇具南方居处特点。书中写道："丽春院乃鸣玉坊四大院子之一，每间房都摆设得极为考究，梨木桌椅，红木床榻。"这里的丽春院虽然不是谁家生活场所，但是作为达官贵人挥霍享受的场所，其建筑风格和家居用品应代表了当地较为高端的水准。

梨木家具是花梨木家具的简称，是比较上乘的实木家具材质。明清两代的高档家具大多使用黄花梨打造，也正是因为被过度追捧，到了清朝后期黄花梨木材急剧减少，至今已濒临灭绝。

清人李调元的《南越笔记》卷七记载越南曾向明廷进贡花梨木，卷十三还对花梨木的外观进行了描述："花榈色紫红，微香。其文有若鬼面，亦类狸斑，又名花狸。老者文拳曲，嫩者文直。其节花圆晕如钱，大小相错者佳。"

何园（寄啸山庄）

江南园林

《鹿鼎记》第三十九回写韦小宝做了钦差大臣，衣锦还乡，当地官员建议他在扬州一定要及时行乐，韦小宝心想倒也有理，笑道："依你说，那行辕设在何处才是？"道台道："扬州盐商有个姓何的，他家的何园，称为扬州名园第一。""那何园栋宇连云，泉石幽曲，亭舍雅致，建构精美，一看便知每一尺土地上都花了不少黄金白银。"

书中写的这个何园，又名"寄啸山庄"，取自陶渊明的《归去来兮辞》中"倚南窗以寄傲""登东皋以舒啸"。确有其园，现在依然坐落于江苏省扬州市徐凝门街 66 号。该园美誉度极高，是一座始建于清代中期的中国古典园林的杰出代表，被誉为"晚清第一园"。

光绪九年（1883），何芷舠由湖北汉黄德道兼江汉关监督的官任上卸任迁居到扬州，经过认真选择，最终从当地吴氏手中买下了片石山房，钱泳《履园丛话》卷二十记载，片石山房内"二厅之间，湫以方池。池上有太湖石山子一座，高五六丈，甚奇峭，相传为石涛和尚手笔"，在这个基础上扩建为园林。

何园在江南园林中之格局与层次离不开园主人何芷舠的文化品位，他一生经历丰富，称得上十分精彩。何家第四代孙、中科院理论物理所的何祚庥院士回忆说："曾祖父在何园度过了 18 个春秋。本可以安享富贵，终老此乡，逸民适志，诗酒养疏慵。但没想到 1900 年八国联军侵华，清廷大败，签订了《辛丑条约》，赔款 4.5 亿两，全中国每人一两。他感到中国要亡了，不能置国家民族安危于不顾。深受洋务派影响的曾祖父于是在古稀之年做出了一个惊人的决定：不养老了！弃池馆亭林于不顾，带着巨资于1901年率子孙浩浩荡荡南下上海搞工业，立志振兴民族经济，要以实业拯救中国。”

何芷舠送他的两个孙子何世桢、何世枚去美国密歇根大学念法律，且都获得了法学博士，他的这两位孙子被称为中国海洋法系的奠基人。东京审判中，中国检察官首席顾问倪征燠大法官是他们的学生。何世桢、何世枚两人还在1924年创办了持志大学。此时何芷舠虽已去世，但其孙依然完成了他创办教育事业的心愿。最厉害的是何芷舠的曾孙何祚庥与曾外孙女王承书皆为中科院院士。

清朝时期，江南的发达城市中，商人建设的园林十分常见，当时扬州盐商所建的园林更是豪奢，许多园林的建设也是为了讨好南巡的皇帝，因而规格都相当高。

片石山房

第十章　行

第一节　生活用马与军事用马

生活用马

韦小宝少小离家，就是跟着茅十八骑马到的北京。后来韦小宝还拥有了一匹属于自己的马——“玉花骢”，“一匹高头大马，全身白毛，杂着一块块淡红色斑点，昂首扬鬣，神骏非凡。黄金辔头，黄金踏镫，马鞍边上用银子镶的宝石”。赠送此马的康亲王介绍“这匹马是西域送来的，是有名的大宛马”。这应该是他的日常用马。

军事用马

吴应熊的武将闲谈争辩：“王副将称赞云南的马好。赵总兵不信，说道川马、滇马腿短，跑不快。王副将却说川马滇马有长力，十里路内及不上别的马，跑到二三十里之后，就越奔越有精神。”这里提及的所谓川马、滇马则是从军事使用角度来划分的。

康熙皇帝关心马匹，则是从军国大事的高度考量。“兵部车驾司管的是驿递和马政之事，当即详细奏报，已从西域和蒙古买了多少马匹，从关外又运到了多少马匹，眼前已共有八万五千余匹良马，正继续购置饲养。康熙甚喜，嘉奖了几句。四名郎中磕头谢恩。”

韦小宝忽道：“皇上，听说四川、云南的马匹和口外西域的马不同，身躯虽小，却有长力，善于行走山道，也不知是不是。”康熙问四名郎中道：“这话可真？”那汉人郎中道：“回皇上：川马、滇马耐劳负重，很有长力，行走山道果然是好的。但平地上冲锋陷阵，及不上口马跟西域马。因此军中少用川马、滇马。”康熙又问那郎中：“咱们有多少川马、滇马？”那郎中道：“回皇上：四川和云南驻防军中，川马、滇马不少，别地方就很少了。湖南驻防军中有五百多匹。”

韦小宝是从吴应熊手下武将那里道听途说来的，聪明的他自然不能直言康熙是个马匹方面的外行，韦小宝以不明之处需要指点的口吻提出了问题的关键，康熙自然也听出了门道。康熙召集专门负责马匹事务的官员问话，首先就说明马匹的饲养与流通已经上升为一件政务——马政。

史料显示，清早期是通过征服和掠夺来填充对马匹的需求的，但入关之后，执掌全国政权后则不能再以掠夺作为获得马匹的手段了，实际上摆在清朝统治者面前的可供选择的马匹供应道路也只有一条：国家组织专门机构进行大规模牧养。所以，发展马政事业被列为重中之重。

清朝的马政机构健全，制度完善，效果明显，康熙曾拿清朝的马政与之前的朝代比较，认为“历观宋、明之时，议马政皆无上策”，并得意扬扬地说：“唯我朝牧养得法。”

第二节　身份有别的轿子

目前已发现存世最早的轿子的实物，是1978年在河南固始侯古堆春秋战国时期的古墓挖掘出土的。这次文物挖掘共出土了三乘轿子，其中一件经过复原已看出原貌：长方形的底座，四面起坡的顶盖，原应围以帷幔的轿身，供乘者出入的小门开在轿前，底部边框上捆绑两根轿杆，这与以后轿杆固定于轿身中部的制式相区别。

这次出土的轿子，证明了轿子起源于夏朝初期的说法。

《鹿鼎记》中出现过各种各样档次的轿子，不同的人乘坐轿子的排场也不同，这是因为清代对轿子的使用和等级规定得最为细致也最为严格。清人以弓马得天下，刚开始，清廷唯恐王公大臣乘坐轿子惯了，安于享乐而荒废了骑射之术，所以规定不论满汉文武，京官一律骑马，不准乘轿。后来朝廷更改了仪制，准许文职官员乘轿，但满汉官员的标准不同。

我们先看小桂子给海大富叫来轿子，“两名轿夫抬着去了。小太监跟随在后”。当时茅十八和韦小宝也被各塞进一顶轿子，韦小宝自我安慰：“他妈的，老子好久没坐轿子了，今日孝顺儿子服侍老子坐轿，真是乖儿子、乖孙子！”韦小宝跟着海大富轿子进宫，途中“有一次盘问之人揭开轿帷来张了张”。

此处我们要关注两个信息：一是抬轿子的轿夫皆为两人；二是宫里大太监坐轿子，小太监步行跟随。底层社会民众如韦小宝，13岁到京城才是第二次坐轿子，距离他上次跟着老妈坐轿子烧香已经过去六年了，这也从一个侧面说明轿子并不是每个人都坐得起的。

在不平等的阶级社会，任何公开的享用物品皆可成为社会等级秩序的重要标志，包括作为清朝的重要交通工具的轿子。当然也有个例，比如康熙时期名臣汤斌以清廉著称，他去江苏任职时，老百姓看见他的夫人乘坐的轿子有“败絮”坠在轿前。

《鹿鼎记》中索额图安慰怕冷的韦小宝说：“我回头送一件火貂大氅来，给兄弟御寒。暖轿之中加几只炭盆，就不怎么冷了。”可见，同样是轿子，硬件设备和档次差距还是很大的。

《鹿鼎记》中有两处具体描写皇室乘坐轿子的情景：一处是关于皇太后的，“韦小宝见当先一人是敬事房太监，后面两乘轿子一乘是皇太妃的，一乘是皇太后的，轿侧各有太监扶着轿杆，轿后太监举着黄罗大伞，跟着数十名太监宫女，还有十余名内班宿卫”；一处是关于公主的，“数名太监宫女提着灯笼前导，抬了一乘轿子到来。这乘轿子以野鸡尾毛为饰，称为‘翟轿’”。

《鹿鼎记》中还有多处提到民间使用轿子的情况。多数人并不一定是家中养了一群轿夫，而是临时租用为多。一些地方妇女出门必雇轿以遮挡，其遮蔽的意义可能还超越了代步的意义。

轿子还曾一度成为欧洲宫廷的时尚。我们在前面的章节介绍过对康熙王朝十分向往的路易十四，就曾在 1700 年的凡尔赛宫的辞旧迎新舞会上，在乐队的伴奏下，乘坐一顶中国的八抬大轿出场。

第三节 船舶与水运交通

京杭大运河

《鹿鼎记》第一回中写道："江南中产以上人家，家中都自备有船，江南水乡，河道四通八达，密如蛛网，一般人出行都是坐船，所谓'北人乘马，南人乘舟'，自古已然。"

后面又描写韦小宝经康熙批准，衣锦还乡，从北京回扬州。书中所写路线为"从旱路到了通州，转车换船，自运河向南，经天津、临清、渡黄河、经济宁。这一日将到淮阴，官船泊在泗阳集过夜"。这条路线便是举世闻名的京杭大运河。

人类历史上里程最长、工程最大的古代运河就是中国的京杭大运河，这条伟大的运河使用至今，已成为中国文化的象征和代表之一。

京杭大运河全长约 1797 公里，从南至北，经过今浙江、江苏、山东和河北四省及天津和北京两市，贯通了钱塘江、长江、淮河、黄河和海河五大水系。大运河从春秋时期开始修建，在隋朝完工。

京杭大运河加强了中国南北交通和交流，巩固了中央对全国的统治与管理，促进了江南地区的经济建设，尤其是便利了南粮北运。《鹿鼎记》中提到的大运河沿线这几座城市人气聚集，商业繁盛。

《鹿鼎记》中还详细描写了当时天津境内的大运河的作用及其海上地理交通的重要地位。

海航

《鹿鼎记》中至少两次提到了天津海港。

一次是韦小宝领旨前去攻打辽东神龙岛时，路线是“自大沽出海，渡辽东湾北上，先祭辽海，再登陆辽东”，“韦小宝将天津水师营总兵请来……问了水师营的官兵人数，船只多少，便传施琅到来，要他和黄甫计议出海之事”。“在天津停留三日，水师营办了粮食、清水，搬运大炮、弹药、弓箭等物上船。韦小宝率领水师营及骁骑营官兵，大战船十艘，二号战船三十八艘，出海扬帆而去。”

还有一次是吴应熊逃跑时，有下属向韦小宝报告：“吴应熊要逃到天津卫，从塘沽出海。他在海边定是预备了船只，从海道去广西，再转云南，以免路上给官军截拦了。”

那么书中提到出海的“大沽”和“塘沽”是指同一个地方吗？大沽口是海防要塞，清代置大沽协镇营，位于今天津市东南 50 公里海河入海口处，有海陆咽喉之称。而塘沽则与大沽隔河相望。

造船

岛居多年的韦小宝突然发现海面上来了一支船队，“船头上漆着一个太阳、一个月亮”，韦小宝以为那是台湾郑氏的船只，“一艘船要是装五百名兵将，两艘一千，十三艘那就有六七千……”当然这只是虚惊一场，不过是施琅平治台湾后，将缴获的台湾战船驶出以向人炫耀。

郑成功在台湾重视造船业，一方面是壮大海上武装力量的需要，另一方面是发展海上贸易的商业需要。在清廷控制了大陆的广大地区后，郑成功不遗余力地通过闽东沿海，采购闽北山区的木材供造船之用，比如闽江上游的永安等处，就是郑氏的主要木材供应地。郑氏部下购买木材后，顺闽江而下，抵闽江口沿海，然后或就地打造船只，或运输到异地。此外，郑氏部下还从浙江的台州、温岭等地购买木材，甚至也从泰国进口。至于油、麻、铁等造船材料，则多向日本购买。

下篇

第十一章　信仰与非法组织

第一节 《四十二章经》与佛教的发展

《四十二章经》的来历与其中的“秘密”

《四十二章经》，顾名思义，就是有四十二章的经书，事实也基本上如此。佛所说的某一段话称为一章，共选四十二段话，编集成四十二章，此经书全称是《佛说四十二章经》，其内容包括了佛陀关于持戒、忍辱、断欲、精进、观空等语录。

《鹿鼎记》中八部《四十二章经》分别由满洲八旗旗主掌管，经书中藏有大清龙脉和宝藏的秘密，第一次道出秘密的是陶红英：“满洲人很少，兵也不多，他们只盼能长远占住关外之地，便已心满意足了，因此进关之后，八旗兵一见金银珠宝，放手便抢。这些财宝，他们都运到了关外，收藏起来。当时执掌大权的是顺治皇帝的叔父摄政王，但是满洲八旗，每一旗都各有势力。当时八旗旗主会议，将收藏财物的秘密所在，绘成地图，由八旗旗主各执一幅……”陶红英还说“满洲人藏宝的那座山，是他们龙脉的所在。满洲人所以能占我大明江山，登基为皇，全靠那座山的龙脉”。

小说中写的这个《四十二章经》中隐藏的龙脉和宝藏的秘密，

得到了顺治皇帝的印证，当时他在五台山金阁寺僧房中告诉康熙：“那八部《四十二章经》中所藏地图，是一个极大藏宝库的所在。当年我八旗兵进关，在中原各地掳掠所得的金银财宝，都藏在这宝库之中。宝库是八旗公有，因此地图要分为八份，分付八旗，以免为一旗独吞。关内汉人比咱们满洲人多过百倍，倘若一齐起来造反，咱们万万压制不住，那时就当退回关外，开了宝库，八旗平分，今后数百年也就不愁温饱。”“不过当年摄政王吩咐各旗旗主：关外存有大宝藏之事，万万不能泄漏，否则满洲王公兵将心知尚有退步，遇上汉人造反，大家不肯拼死相斗，那就大势去矣。因此八旗旗主传交经书给后人之时，只能说经中所藏秘密，关及满清的龙脉，龙脉一被人掘断，满洲人那就人人死无葬身之地。一来使得八旗后人不敢忽起贪心，偷偷去掘宝藏；二来如知有人前去掘宝，八旗便群起而攻，竭力阻止。只有一国之主，才能得知这真正秘密。”

按照顺治的说法，所谓龙脉的秘密也只是个掩人耳目之谈，宝藏才是《四十二章经》秘密的根本所在。参透这个秘密的人居然是崇祯皇帝的女儿阿九，也就是独臂神尼九难。

“她沉思良久，见内文不过数十页，上下封皮还比内文厚得多，忽然想起袁承志所述当年得到《金蛇秘笈》的经过，当下用清水浸湿封皮，轻轻揭开，只见里面包着两层羊皮，四边密密以丝线缝合，拆开丝线，两层羊皮之间藏着数百片剪碎的极薄羊皮。”“白衣尼将碎片铺在桌上，只见每一片有大有小，有方有圆，或为三角，或作菱形，皮上绘有许多弯弯曲曲的朱线，另用黑墨写着满洲文字，只是图文均已剪破，残缺不全，百余片碎皮各不相接，难以拼凑。”

也就是说，每一部经书中都藏了碎皮，八部经书集齐才能拼成一张完整的地图。在柳州时，韦小宝把这个秘密向陈近南全盘托出，“陈近南越听脸色越郑重，听得太后、皇帝、鳌拜、西藏大喇嘛、独臂尼九难、神龙教主等等大有来头的人物，无不处心积虑的想得到这些碎皮，而其中竟隐藏着满清鞑子龙脉和大宝藏的秘密，当真是做梦也想不到之事”。

我们来回味下刚才讲述的这些细节，能够体会出不同的内涵，或许还有少许历史悖论的复杂感慨。

明朝和清朝之间的国仇家恨在清初尽人皆知，清“夺走”了明的天下，然后居然是明末公主发现了清的财富和气数命脉。这位公主此时已是白衣神尼，一个出家女性发现其中的秘密居然是因为曾经深爱的一个男人。作为佛教传到中国来的第一部作品，居然与清朝八旗制等现世政治密切联系在一起。“反清复明”的旗手陈近南即使知道了其中的秘密，最终也没能达成心愿甚至死于“自己人”手下。如此多的高人欲得此图，却只有出身最卑微、最不学无术的韦小宝得到了……

如此多的悖论，做何解？仅仅是金庸先生编故事中的巧合吗？

我们可以摘抄《四十二章经》中的一些语句：“爱欲断者，如四肢断，不复用之。”“内无所得，外无所求。心不系道，亦不结业。”“断欲无求，当得宿命。”“人从爱欲生忧，从忧生怖。若离于爱，何忧何怖。”

这些语句，是不是道出了金庸先生把《四十二章经》作为贯穿《鹿鼎记》全书线索的缘故呢？

佛教在清初的情况

《鹿鼎记》中关于当时清朝宫廷和皇室官员礼佛多有提及。比如，小说中韦小宝伺候白衣尼吃素食时，因为“掌管御厨多时，太后、皇帝每逢佛祖诞、观音诞或是祈年大斋都要吃素”，所以他点起素菜来也相当拿手。

再比如，索额图为了巴结笼络韦小宝，在抄鳌拜府时提出要与韦小宝结拜，因为“满洲人崇信佛教，文武大臣府中均有佛堂”，所以两人便在这里结拜兄弟。后面，韦小宝获得第二本《四十二章经》也是在康亲王府的佛堂，“供着一尊如来佛像，神座前点着油灯”。貌似这一本《四十二章经》的保存所在地是最恰当不过了。

金庸先生在为《金庸作品集》作的新序中写道：“历史上的事件和人物，要放在当时的历史环境中去看。宋辽之际、元明之际、明清之际，汉族和契丹、蒙古、满族等民族有激烈斗争；蒙古、满人利用宗教作为政治工具。”

康熙的祖母太皇太后孝庄文皇后对康熙影响极大，而她本人就是虔诚的佛教徒。前面章节我们也介绍过康熙的父亲顺治信佛，所以对于康熙而言，算是从小便受到佛学的熏染。

《鹿鼎记》中康熙曾与韦小宝谈到“我大清向来信奉喇嘛教，西藏活佛教下那些喇嘛深明佛法，良善恭顺”，“西藏现下已归我大清管束，达赖和班禅两位活佛对我都很忠顺，西藏僧俗都虔信佛法”。

从这两句话中可以看出，康熙谈起佛教，很大程度上是从政治关系和政权稳定的角度考虑，而不是从一名信徒的角度出发。

康熙认为佛教引导人行善，有利于社会稳定，礼佛和敬佛也是理所当然。康熙每次出巡几乎都要参礼佛寺，接见僧人，题写匾额、碑文。如康熙二十三年（1684），那是他的第一次南巡，在韦小宝的家乡扬州为天宁寺和平山寺题词；再比如，康熙二十八年（1689）是他第二次南巡，又在苏州为圣恩寺题词……

其实，康熙对于佛教的态度是复杂的，除去对国家和社会层面以及意识形态的考虑，一个重要的原因便是儿时对父亲意欲出家的心有余悸。

纵观康熙对佛教的态度和举措，既没有像理学家那样坚决禁止，也没有像他的祖母和父亲那样崇信。作为皇帝，康熙对佛教保持一种较为中立的态度，既希望发挥佛教对社会教化的积极作用，但又不会令佛教上升到影响国家宏观政策的地步。

康熙对于佛教的态度，某种程度上就好像八旗等清朝制度与《四十二章经》的关系：有为与无为，控制与自在，体制与信仰，现实与精神……

五台山清凉寺与嵩山少林寺

《鹿鼎记》中描绘了两座佛教名山的风光：五台山和嵩山。这两座山都与故事的情节发展有密切联系，是小说重大情节发生的重要场所，尤其五台山清凉寺和嵩山少林寺更是着墨极多。

五台山

金庸先生在小说中写道："五台山共有五座高峰，峰顶各有一庙。五台山是佛教中文殊菩萨演教之场，峰顶每座庙中所供文殊名号不同，以文殊菩萨神通广大，以不同世法现身。东台望海峰，建望海寺，供聪明文殊；北台业斗峰，建灵应寺，供无垢文殊；中台翠岩峰，建演教寺，供儒童文殊；西台挂月峰，建法雷寺，供狮子文殊；南台锦绣峰，建普济寺，供智慧文殊。"

韦小宝受康熙之命前往五台山，"一入五台山，行不数里便是一座座寺庙，过涌泉寺后，经台麓寺、石佛寺、普济寺、古佛寺、金刚库、白云寺、金灯寺而至灵境寺。当晚在灵境寺借宿一宵，次晨折而向北，到金阁寺后向西数里，便是清凉寺了"。"那清凉寺

五台山

在清凉山之巅，和沿途所见寺庙相比，也不见得如何宏伟，山门破旧，显已年久失修。”

《清凉山志》记载，清凉寺确实建于北魏孝文帝时期（472），清凉寺中有一块清凉石，据传文殊菩萨曾在这块石头上讲经说法。如果你认为这就是五台山最老的寺庙，那就错了。

《鹿鼎记》中写道：“佛光寺是五台山上最古的大庙，建于元魏孝文帝之时，历时悠久。当地人有言：‘先有佛光寺，后有五台山。’原来五台山原名清凉山，后来因发现五大高峰，才称五台山，其时佛光寺已经建成。五台山的名称，也至隋朝大业初才改。在佛教之中，佛光寺的地位远比清凉寺为高，方丈心溪隐然是五台山诸青庙的首脑。”据记载，佛光寺始建于北魏孝文帝时期（471），刚好比清凉寺早一年。

《名山志》中记载：“五台山五峰耸立，高出云表，山顶无林木，有如垒土之台，故曰五台。”五台山位居中国四大佛教名山之首，称为“金五台”，为文殊菩萨的道场，也是中国唯一一个青庙黄庙交相辉映的佛教道场。

青庙就是和尚庙，其中的僧侣多为汉族，一般穿青灰色僧衣，称青衣僧，所以叫青庙。黄庙其实就是喇嘛庙，属于藏传佛教，五台山藏传佛教属于宗喀巴大师创立的格鲁派，喇嘛均穿黄衣，戴黄帽，称黄衣僧，所以叫黄庙。康熙曾敕令将十座寺庙改为黄庙，青衣僧改为黄衣僧，汉喇嘛由此产生。而这十座寺庙中有一座叫作涌泉寺，就是韦小宝和双儿入五台山后遇到的第一座寺院。

崇祯六年（1633）七月，徐霞客从北京出发去五台山，历时一周到达五台山，并单独写了一章游记。整整50年后，世事变迁，改朝换代，清朝的一位皇帝也沿着相同的路线前往五台山。

康熙皇帝先后五次登五台山，基本上都是每年的二三月间，他在文殊菩萨的道场涤荡胸怀，有感而作 15 首诗歌，慨然题匾 55 块，勒碑 20 余通。

《鹿鼎记》两次浓墨重彩地描写韦小宝在五台山及其寺庙亲历的故事，而在这两次五台山之行的中间，韦小宝还曾在嵩山少林寺住过一段时间。

韦小宝带着康熙的圣旨去少林寺封赏在五台山建功的 18 名少林僧，到了那里才知道康熙还指示：“兹遣骁骑营正黄旗副都统、兼御前侍卫副总管、钦赐穿黄马褂韦小宝为朕替身，在少林寺出家为僧，御赐度牒法器，着即剃度，钦此。”

于是，“少林寺主持晦聪禅师取过御赐度牒，代先师收韦小宝为弟子”，韦小宝就成了“晦明”。韦小宝心里又惊讶又无奈，六根不清净的他当然不愿意待在寺庙里修行，但正是在佛教圣地少林寺，他才与阿珂邂逅。

康熙后来下了一道密旨，晦聪微笑着对韦小宝道：“恭喜师弟，皇上派你去主持清凉寺。清凉寺乃庄严古刹，建于北魏孝文帝时，比少林寺尤早。”

嵩山少林寺创建于北魏太和十九年（495），确实比五台山清凉寺和佛光寺晚建 20 余年。少林寺建于与都城洛阳相望的嵩山少室山北麓，被誉为“天下第一名刹”，是汉传佛教的禅宗祖庭。

少林功夫举世闻名，其要旨是禅武合一。禅在先，因为在佛门眼中参禅才是正道；武在后，因为佛门眼中的拳勇武功乃是辅助手段，僧众练功习武的目的是为了收心敛性、屏虑入定。这个观点不仅在《鹿鼎记》中少林寺高僧的言谈举止中都有直接或间接的表达，在金庸先生之前的作品中也有过体现。

金庸先生在清华大学回答提问时曾说：“少林寺我在 1982 年去过，寺里和尚的武功肯定没小说里写的强，寺院也没我写的大，寺里收藏的古本秘籍，讲练功的也少，大多是一些药方。”

第二节　耶稣会与清初传教士

中国明朝时期的欧洲，天主教内部也在发生着巨大而深刻的变化，这个变化引发了一场影响人类社会发展的宗教改革运动，最终形成了基督教新教。

宗教改革运动实际上是时代的进步，天主教会被巨大的社会发展冲击，也不得不厉行改革，其中一条巨大的举措就是利用新航路的开辟，将一批又一批的传教士派遣到海外，以期开辟和占领新的信众领域，对抗宗教改革。

天主教会当时明确说："在欧洲失去的，在海外补回来。"世界风云变幻，其中就包括诞生了一个对中国天主教具有重大影响的修会——西班牙人罗耀拉于 1534 年创立的耶稣会。

在意大利籍利玛窦神父的努力下，天主教事业在当时的东方大国——中国——获得了迅速发展。孙尚扬认为以利玛窦为代表的耶稣会传教士在中国传教之所以能够取得成功，在于他们走了一条本地化或者"中国化"的道路。他们尊重中国传统文化和礼俗，认为"儒家的道理没有任何与天主教道理相冲突的地方”。张铠认为以利玛窦为代表的耶稣会传教士学习中国的语言和文化，在传播西洋科学和文化的同时，传播天主教。这样量体裁衣而形成的本土化传教策略被康熙皇帝称为“利玛窦规矩”。

汤若望和南怀仁是来华的西方耶稣会传教士中继续受到清廷重视的两位。这两个人物也直接出现在《鹿鼎记》的故事中。

值得一提的是，耶稣会曾在清初被某些人视作非法组织。

清朝建立后，传教士汤若望、南怀仁等人按照西方天文学成果制定新历法，激烈反对的杨光先于康熙三年（1664）作《请诛邪教状》投书礼部，其中一个罪名就是“造传妖书惑众”。次年，鳌拜主持审议杨光先的上疏，导致汤若望被判处凌迟，后在孝庄皇太后斡旋下未执行，南怀仁则被判流放。康熙七年（1668），鳌拜倒台后，康熙平反此案。

那么，当时的清朝到底有没有非法组织呢？

第三节 “神龙教”等非法组织的滋生

《鹿鼎记》中描述了康熙年间盘踞在神龙岛上的一个神秘组织——神龙教。教主是洪安通，此人武功高强，擅长下毒，爱听人拍马屁，勾结吴三桂和俄罗斯，并派卧底打入皇宫，野心极大。

从小说描述的各种情节中，我们可以看出神龙教具备了非法组织的三个基本特征。

一是个人崇拜。“教主”要求教众崇拜的对象仅限于自己，其手段无论高低，但最终都要把自己打扮成活着的仅有的“神”。

二是精神控制。“教主”一般以各种歪理邪说、谎言骗局、心理暗示等手法为主，辅以惩罚、威胁、恐吓等手段，对其教众实行“洗脑”，其最终目的是使教众丧失独立判断能力。

三是秘密结社。以“教主”为核心建立严密的组织体系，常采用隐蔽的联络方式，通过秘密方式发展成员。

此外，小说里还暴露出了神龙教的另外两个特征：一个是危害社会政权稳定，突出表现在用极端的手段与现实社会对抗，不仅威胁个体生命和群体利益，还危害公共利益和社会稳定，还有一个是不择手段聚敛钱财。

神龙教这类组织在清初确实存在。康熙年间就有相关严惩的律例，到了乾隆年间，又增添重惩的刑律，直接将“倡立邪教，传徒惑众滋事”等列入比照谋反大逆及谋叛的定罪条款。

明清之际，较为著名的非法组织是无为教。此教在福建沿海流传，活动频仍。《榕城纪闻》中提道：“其教分金木水火土五股。……其法，有忏悔期，男女混处，听主教者指挥，任其所欲。”与神龙教的做法如出一辙。

第十二章　科学与技术

第一节　西学东渐的天文历法与火炮兵器

天文历法

顺治元年（1644），6岁的顺治皇帝刚继位，汤若望神奇地说服了摄政王多尔衮，从顺治二年（1645）开始，将他用西法修订的历书《时宪历》正式颁行天下。这段历史在《鹿鼎记》中是借康熙之口讲述的。汤若望则以康熙老师的身份出现在《鹿鼎记》中，既教给康熙天文历法，又帮助康熙造火炮。

当时，韦小宝惊讶外国人出现在皇帝的书房中，康熙微笑道："康熙三年，汤若望说钦天监推算日食有误，和钦天监的汉官双方激辩。钦天监的汉官杨光先辩不过，就找他的岔子，上了一道奏章，说道汤若望制定的那部《大清时宪历》，一共只推算了二百年，可是我大清得上天眷佑，圣祚无疆，万万年的江山。汤若望止进二百年历，那不是咒我大清只有二百年天下吗？""那时候鳌拜当政，这家伙胡里胡涂，就说汤若望咒诅朝廷，该当凌迟处死。这道旨意送给我瞧，可给我看出了一个破绽。""其实这道理说来也浅，我问鳌拜，这部《大清时宪历》是几时作好的。他说不知道，下去查了一查，

古观象台

回奏说道，是顺治十年作好的，当时先帝下旨嘉奖，赐了他一个‘通玄教师’的封号。我说：‘是啊，我六七岁时，就已在书房里见过这部《大清时宪历》了。这部历书已作成了十年，为什么当时大家不说他不对？’这时候争他不过，便来翻他的老帐？那可不公道啊。鳌拜想想倒也不错，便没杀他，将他关在牢里。这件事我后来也忘了，最近南怀仁说起，我才下旨放了他出来。”

《鹿鼎记》中讲述的这段故事貌似只是历史上中国历法和西方历法的具体纷争，实际上是两股历史潮流的碰撞与角力。

汤若望是德国人，却在中国生活了 47 年，作为神圣罗马帝国的耶稣会传教士、天主教耶稣会修士，他历经明、清两个朝代，并与明廷和清廷都保持密切关系，这不得不说也是一种奇迹。

汤若望被康熙封为“光禄大夫”，官至一品。他以科学传播为手段，最终达到了传教的目的，他对中国的历法、火炮制造做出了不可磨灭的贡献。

汤若望曾在古观象台担任台长，即钦天监监正，这座古观象台现在依然坐落保存于现北京建国门立交桥西南角。

钱穆认为康熙“于天文历算，皆所通晓，为清代帝王中第一人”。《鹿鼎记》中对汤若望教康熙天文历法只是一笔带过，但对汤若望协助康熙制造火炮则描述得非常生动具体。

火炮兵器

《鹿鼎记》中写南怀仁、汤若望来到书房，“从怀中各取出一本书卷，放在康熙桌上。那个年纪较轻、名叫南怀仁的外国人道：‘皇上，今儿咱们再说大炮发射的道理。’”康熙还说道：“明朝的大炮就只那么几尊，都是向澳门红毛人买的。单是买鬼子的枪炮，那可不管用。倘若跟鬼子打仗，他们不肯卖了，岂不糟糕？咱们得自已造，那才不怕别人制咱们死命。”

康熙亲临炮厂，“出了左安门，只见三尊大炮并排而列”，又“见三门大炮闪闪发出青光，炮身粗大，炮轮、承轴等等无不造得极是结实”。“南怀仁亲自在炮筒里倒入火药，用铁条舂实，拿起一枚炮弹，装入炮筒，转身道：‘回皇上：这一炮可以射到一里半，靶子已安在那边。’康熙顺着他手指望去，见远处约莫一里半以外，有十个土墩并列，点头道：‘好，你放罢。’”

当时韦小宝自告奋勇要放第一炮，“南怀仁已校准了炮口高低，这时再核校一次。韦小宝接过火把，点燃炮上药线，急忙跳开，丢开火把，双手紧紧塞住耳朵。只见火光一闪，轰的一声大响，黑烟弥漫，跟着远处一个土墩炸了开来，一个火柱升天而起。原来那土墩中藏了大量硫磺，炮弹落下，立时燃烧，更显得威势惊人”。“三尊大炮轮流施放，一共开了十炮，打中了七个土墩，只三个土墩偏了少些没打中。”

“康熙十分欢喜，对南怀仁和汤若望大加奖勉，当即升南怀仁为钦天监监正。汤若望原为太常寺卿加通政使，号‘通玄教师’，在鳌拜手中被革，康熙下旨恢复原官，改号‘通微教师’。康熙名叫玄烨，‘玄’字为了避讳不能再用。三门大炮赐名为‘神武大炮’。”小说中关于火炮制作上突出的是南怀仁，汤若望则是辅助性角色。

这种描述是金庸先生在武侠小说中的常用手法：虚虚实实，虚

利玛窦、南怀仁、汤若望墓

中有实，实中有虚，在情节发展必要的时候对时空进行“挪移”与“重组”，而在其他大多数时候用到历史人物与事件时又尽量符合史实。

确切地讲，汤若望和南怀仁都对中国的火炮兵器制造做出了巨大贡献，只是汤若望的贡献更多的是在明末崇祯皇帝时期，而清初尤其是康熙皇帝时期发挥作用最大的是南怀仁。

南怀仁，出生于比利时首都布鲁塞尔，毕业于世界名校鲁汶大学，1658 年来华。他是康熙当之无愧的科学启蒙教师。他最伟大的发明之一是天象仪，生动展现了天体运动的原理与规律。

康熙二十一年（1682）正月二十七日，南怀仁进呈《神威图说》一书。这是南怀仁在对火炮的“准炮之法”进行了系统研究的基础之上，形成的军事火炮制造领域的专著。

南怀仁 1688 年 1 月 28 日在北京逝世，与利玛窦、汤若望的坟茔依次排列在北京车公庄 6 号院内，周边松柏苍翠。他去世之后，康熙皇帝为他举行了隆重的葬礼，并赐谥号“勤敏”。

第二节　中国本土制造的水龙与水枪

《鹿鼎记》中写攻打雅克萨时，韦小宝“吩咐取水龙来。那水龙是救火之具，军中防备失火，行军扎营，必定携带。亲兵拉了十余架水龙到来，韦小宝吩咐拖上土垒，其时江水结冰，无水可用，于是下令火伕在大锅中烧融冰雪，将热水倒入水龙”。

韦小宝的一名下属说出基本原理：“末将是福建人，家乡地方很穷，造不起水龙，乡村中失了火，大家便用竹筒水枪救火。那竹筒水枪，是用一根毛竹打通了，末端一节不打通，却开一个铜钱大的小孔，另一端用一条木头活塞插在竹筒之中。救火之时，将水枪的小孔浸在水里，活塞后拉，竹筒里便吸满了水，再用力推动活塞，水枪里的水就射出去了。”可见水龙与水枪的原理基本相同。

还有一名姓班的山西木匠出身的副将向韦小宝报告：“先将大木材锯成两个半爿，每一爿中间挖成半圆的形状，打磨光滑，然后将两个半爿合了起来，木材中间就是一个空心的圆洞了。两个半爿拼凑之时，若要考究，就用榫头，如果是粗功夫，那么用大铁钉钉起来也成了。”“关外遍地都是松杉，额尔古纳河一带处处森林，百年以上的参天乔木也是不计其数。清军大军出动，不到半天便伐下了数千株大木材。”“班参将先造一枝示范，那水枪径长二尺，枪筒有一丈来长，活塞末端装了一条横木，六名士兵分站左右，握住横木一齐拉推，水枪口较细，水势逼紧了射出时可以及远。从水枪口倒入热水后，班副将一声令下，六名士兵出力推动活塞，热水从水枪中激射而出，直射到二百余步之外。”

第三节　被外国所艳羡的中国造桥技术

《鹿鼎记》中描写中俄在尼布楚城下谈判前，俄罗斯来了一个叫华伯斯基的队长对韦小宝提出来“建造石桥的技师，还是请大人派去”。“韦小宝听他二人口气，罗刹朝廷对造桥技师需求殷切，料想必有阴谋诡计。他不知中国造桥技师当时甲于天下，外国人来到中国，一见到建构宏伟的石桥，必定啧啧称异，赞赏不止，何以拱桥能横越江面，其下不需支柱，更觉神奇莫测。罗刹人盼望学到这门造桥方法，倒是出于艳羡中国科学技术之心，并无其他阴谋。”

金庸先生在按语中写道：“康熙十五年，俄国派斯巴塔雷（N. G. Spatnary）为钦差，率同宝石专家、药材专家来北京，提出多项要求，其中一条为：‘中国准许俄国借用筑桥技师。’该钦差因不肯向康熙磕头，为清廷驱逐回国。”

中俄《尼布楚条约》签订时为康熙二十八年（1689），也就是实际上在华伯斯基对韦小宝提出请中国派建筑石桥的技师的 13 年前，俄皇已经派过钦差来北京向康熙提出过此请求，被康熙拒绝。可见当时中国的造桥技术已闻名世界。

第十三章　城市与商业

第一节　北京的城市与文明

内城九门与外城七门

1950 年，金庸先生辞去《大公报》工作，满怀着做外交官的希望，第一次来到中国北方最大的城市——北京。不知这次北京之行对于他后来创作武侠小说时多次提到北京城是否有直接影响。任谁要搞清楚北京城的情况，都得先了解北京城的门。

北京内城有九座城门，分别是东直门、朝阳门、崇文门、正阳门、宣武门、阜成门、西直门、德胜门、安定门。

《鹿鼎记》中提到了西直门、宣武门和朝阳门。

从五台山回京，“韦小宝来到西直门一家大客店‘如归客栈’，要了间上房”，这里提到了西直门。西直门在元代大都时期被称为“和义门”，明永乐年间修缮后改名“西直门”，是明清两代自玉泉山向皇宫送水的水车必经之门，因此有“水门”之称。

小说中，韦小宝让陆高轩去宣武门头发胡同租了一所住宅。这里提到了宣武门。宣武门，元明皆称“顺承门”。后取张衡《东京赋》中的“武节是宣”，改称“宣武门”。宣武门外为菜市口刑场，囚车经常从此门出入，人称“死门”，后面茅十八就是从这道门穿过，被押往菜市口的。

韦小宝带领天地会兄弟逃跑时，“一行人来到东城朝阳门”。韦小宝假奉皇上密旨，出城追拿反贼，让守门官兵当即打开城门。这里提到了朝阳门，元称“齐化门”，因作运粮之用，故瓮城门洞内刻有谷穗一束，明正统年间进行修缮，工程结束后，改称“朝阳门”。

北京城还有外城七门，指的是外城墙上的七座城门，按顺时针方向分别为东城墙上的东便门和广渠门；南城墙上的左安门、永定门和右安门；西城墙上的广安门和西便门。

《鹿鼎记》中讲到韦小宝奉康熙之令去少林寺，“出永定门行了二十里，便即扎营住宿”。永定门是当年北京外城七门中最大的一座，是从南部出入京城的交通要道。

北京胡同与内外城

“胡同”这个名称比“北京”这个名称早出现了一百多年。

元朝在金中都原址的东北部建立了大都城，建造依据《周礼》，“状如棋盘”。贵族与功臣纷纷获得受封之地，并陆续在封地上建造宅第。一栋栋的宅第和一排排的房屋最终形成了整齐的矩阵，尤其还考虑到排与排之间采光和通风的需求，以及进出通道的便利，最终形成了我们今天在北京还能看到的胡同、小街和大街的格局。

燕王朱棣大规模地营建了北京城，这才有了“北京”这个名称。北京城的格局从那时起便外城包着内城，内城包着紫禁城。1420 年，明成祖正式迁都北京，北京城又经历了120余年的建设发展，最终形成了《京师五城坊巷胡同集》所记载的街巷711条，胡同459条。

清朝定都北京后，顺治三年（1646）令旗人与汉人分住，顺治五年（1648）重申此令，要求非汉军八旗的汉人于第二年年底前搬离内城，这样反而又促进了原来较为荒凉的外城的城镇化发展。新迁至外城的人们又相当于合力建造了许多新胡同。

《鹿鼎记》中描写北京城时，有名称的胡同至少有四条，即甜水井胡同、杨柳胡同、南豆芽胡同，还有头发胡同。

金庸先生貌似对“甜水井胡同”情有独钟，小说前面部分提到天地会的秘密据点就设在这条胡同。小说后面提到一个“泰都统”“新娶的第八房姨太”刚巧也住在这条胡同里。

北京确实有过这条胡同，只是多了一个“大”字，即大甜水井胡同，东起王府井大街，西止晨光街，全长356米，宽6米。

据传胡同西口原有一口井，水质甘甜，故而得名，明朝属南熏坊，当时叫作甜水井；清朝时属镶白旗，宣统皇帝时期被称为大甜水井胡同，此名沿用至今。

天地会好汉约了京城的四位镖师作为见证人，一同前往“杨柳胡同”，去找沐王府的人说理。北京城里有许多以树木名称命名的胡同，不完全统计在200条左右，其中用槐树和柏树命名的最多，其次使用名称较多的还有椿树、柳树、松树等，以柳树为例，就有北柳巷、南柳巷、柳芳南里、垂杨柳中街、柳荫街、柳树胡同、双柳树胡同、三川柳胡同……

《鹿鼎记》中，康熙皇帝让韦小宝去杀天地会群豪，韦小宝“随即想起，天地会群豪落脚的巷子口头，有两棵大银杏树，看来这条巷子就叫银杏胡同”，可见用树名命名胡同确实稀松常见。

沐王府还曾发帖邀请天地会青木堂一众人等到朝阳门内的南豆芽胡同赴宴。北京朝阳门北小街南门仓胡同东头，有三条纵向小胡同：中间一条最长的叫豆芽胡同，南豆芽胡同和北豆芽胡同则是由南沟沿胡同拦腰截成的。现在的豆芽胡同北起东四十条，南止南沟沿胡同，东邻豆咀胡同，西靠东门仓胡同，属东城区政府东四街道办事处管辖。此地曾因有许多发豆芽菜和做豆腐的商贩而得名。

还有上一节提到的头发胡同，位于宣武门内，胡同东口直达宣内大街，胡同西口则是现在的佟麟阁路。这条胡同曾十分繁华，既有书画店，也有其他各类商店，陈宗蕃在20世纪20年代末撰写的《燕都丛考》有此记载：“象房桥之南曰抄手胡同曰小市，首颇繁盛，今渐移于宣武门大街之西，又北曰头发胡同。”

天桥与天坛

天桥位于北京城中轴线南部，此地曾是元大都的南郊，明朝嘉靖年间增建了外城，从而成为外城的中心。当时在天坛的北墙外有一条东西走向的河，皇帝从皇宫出正阳门到两坛祭祀必过此地。

因此，在这里为皇帝修建了一座颇为壮观的汉白玉单孔高拱桥，因为皇帝又称为天子，这是天子所走之桥，所以叫“天桥”。平日里，天桥被木栅栏挡住两端，百姓过河走天桥两侧简陋的木桥。

道光、咸丰年间，天坛附近有许多南来北往的商贩和本地摊贩，由于朝廷不向他们征收捐税，逐渐各路艺人也开始在此地卖艺，各类演出场所周围的茶肆、酒馆如雨后春笋，迅速形成规模。

天桥于光绪三十二年（1906）被拆掉，但“天桥”作为北京城的一个地名保留至今。这个自带特色的区域就如同齐如山先生在《天桥一览序》中所述的那样：“天桥者，固北平下级民众会合憩息之所也。入其中，而北平之社会风俗，一斑可见。”这与金庸先生在《鹿鼎记》中描写的相一致：“北京天桥左近，都是卖杂货、变把戏、江湖闲杂人等聚居的所在。”

历史上的北京具有一体两面：一面是以皇城为中心的皇家贵族的北京，一面是由天桥为代表的平民百姓的北京。如果说天桥的变迁是从皇家走入民众，那么具有特殊文化内涵的天坛则一直保持了皇家的气派。

天坛建于永乐十八年（1420），也是世界上最大的祭坛建筑群，主要是明清两代皇帝祭天和祈祷五谷丰收的地方。

《鹿鼎记》中有这样一个情节，天地会与沐王府有矛盾时，相约“在天坛较量”。这当然是一种武侠小说中的想象，就好像一些武侠小说动不动就“决战紫禁城之巅”之类的，一方面是显示侠客依仗高强的武功而无视朝廷的规矩法度，另一方面也是因为那里平日空旷冷清没有闲杂人等吧。

如今，天坛作为天坛公园，被联合国教科文组织确认为“世界文化遗产”，实际上也最终融入了民间。

煤山与思陵

《鹿鼎记》中写崇祯皇帝的九公主，也就是白衣尼姑，带韦小宝回京城，要求去煤山瞧瞧。“那煤山便在皇宫之侧，片刻即到。来到山上，韦小宝指着一株大树，说道：‘崇祯皇上便是在这株树上吊死的。’”次日“出京向西，来到昌平县锦屏山思陵，那是安葬崇祯皇帝之所。陵前乱草丛生，甚是荒凉”。

煤山，元代是一座名叫青山的小土丘，在元大内后苑的里面。永乐年间，将开挖护城河的泥土堆积于此，砌成一座高大的土山，叫“万岁山”，风水术士称它为“镇山”。遗憾的是这座万岁山既没有让明朝的皇帝千秋万岁，这座镇山也没有让明朝的江山永镇。后来，顺治帝改称其为“景山”。

崇祯十七年（1644）三月十九日，李自成大军攻入北京城，明思宗朱由检从皇宫后门出走，并缢死于煤山东麓的一株老槐树上。二十日午，李自成部下才发现崇祯帝已自缢身亡，后李自成来到现场，似乎极受震动，对尸首道：“我来与汝共享江山，如何寻此短见？”赵宗复在《李自成叛乱史略》一书便认为李自成一直不相信自己有资格受命于天，之前也一直派人同崇祯帝谈判，希望明廷封他为王，但未果。李自成命人用两扇木门板将崇祯的尸体停在东华门侧，随后装入简陋的柳木棺内，搭盖了临时灵棚。

忠义之人，在任何时代都有，但总是稀有物种。当时，李自成劝襄城伯李国桢投降，李国桢提出三个条件：一是要保护明朝历代帝王陵寝；二是要用天子的礼葬规格对待崇祯；三是不能加害太子。

算得上是英雄惜英雄吧，李自成一一答应了李国桢的条件，但最难办的是崇祯生前没有建造陵寝。于是，李自成只好决定将崇祯及皇后的尸骨葬入田贵妃的墓中。田贵妃坟园虽然早已建设，但是地面建筑尚未完成，明朝便已灭亡，于是又以募捐的形式筹集建设资金，仓促完工并下葬。

李自成被清军赶出北京城后，清廷为笼络汉人的人心，又将这座葬有崇祯帝后的妃子坟命名为“思陵”，顺治二年（1645）九月最终完成，并营建粗陋的地上陵寝建筑。

《鹿鼎记》中康熙与韦小宝私下谈起对吴三桂兴兵反叛的忧虑时，还提起崇祯皇帝说：“到他忌辰那天，我派几名亲王贝勒，去

神武门下望煤山

紫禁城里望煤山

崇祯陵上拜祭一番，好叫天下百姓都感激我，心中痛恨吴三桂。”此大历史中还有一个微小却耐人寻味的插曲：吴三桂捐建思陵银千两。

百年老号与满汉全席

以“反清复明”为最高目标的地下组织天地会，其秘密据点的布局重点自然是清廷的政治中心——北京。《鹿鼎记》中提到的秘密据点有“东城甜水井胡同”，还有一个是“回春堂药店”，另有一个接头地点则是“高升茶馆”。

这些都是三教九流经常出现的场所，有利于隐藏身份，也侧面反映了当时北京商业的发展。这种套路历史上也确实被多次使用，比如李自成就曾利用山西的商人、店主、算命先生、衙吏等在京城内做密探，而清廷也有所觉察。

韦小宝在北京吃的第一顿饭，是跟着茅十八“来到西城一家小酒店中”。天地会与沐王府有矛盾后，天地会约了四位北京城里成名的武师共同前往，“一行人先到东城武胜镖局”。这几个细节里提到了北京的东城和西城，包括这两个方位城区里的酒店和镖局。

钱老本把沐剑屏装在大肥猪肚子里运进宫里，就是以“北城钱兴隆肉庄的钱老板”的身份，“供奉宫里肉食也只一年多，生意可着实长了好几倍”，只因“别人听说连皇上都吃小号供奉的肉，小号的猪肉自然天下第一，再没别家比得上了”。这里提到了北京的北城和这个方位城区里的肉庄。

沐王府的人深夜入宫行刺，韦小宝为栽赃到平西王府，便将一沓金票都塞在御前侍卫副总管瑞栋怀里，“他知金票是北京城中的金铺所发，吴应熊派人去买来的，只须一查金铺店号，便知来源，这番栽赃当真是天衣无缝”。这里讲的是京城里的金融机构——金铺。

从五台山回京，韦小宝次日一早带着双儿，说道：“咱们先去西单老魁星馆，那儿的炸羊尾、羊肉饺子，还对付着可以。”这里讲的是京城里的老字号饭馆。

我们先来看金庸先生笔下这些有名的商号是否真实吧。

“回春堂”这个字号在医药行业的使用想必较多，但历史较长且延续至今的就是福州回春堂医馆了。

福州现存 200 多年的最古老药店回春堂，始于清乾隆五十五年（1790）。此药店谨遵祖制，精心制药，保证质量，现为国家商务部首批重新认定的“中华老字号”。

如果一定要认定康熙年间的知名京城药店，那自然要数创立于康熙八年（1669）的同仁堂。同仁堂的创始人叫乐显扬，原籍浙江宁波，曾任清太医院吏目，其祖上世代为医，名气渐大。同仁堂开设后，获得清廷信任，包揽内府用药，比如雍正年间更是规定太医院御药房用药均由同仁堂代制。其药炮制严格，所制诸多药品誉满中外。

汪曾祺先生在散文《故人往事》中说：“茶馆又是人们交际应酬的场所。摆酒请客，过于隆重。吃早茶则较为简便，所费不多。朋友小聚，店铺与行客洽谈生意，大都是上茶馆。”《鹿鼎记》中提到的“高升茶馆”则是取“高升”的祥瑞之意，虽然现在没法考证北京是否有这样一家茶馆，但是老北京的茶馆文化一直也是公认的京城特色。康熙年间的茶馆，品级俱全，许多王室皇亲、官僚贵族、八旗子弟成天泡在茶馆里。

镖局始于乾隆年间，《鹿鼎记》中的时代还没有镖局，自然也就不会有“武胜镖局”这个名头了。其实镖局的兴起，与清朝中叶金融业的兴起密切相关。镖局走镖的两大镖系是银镖和票镖，也就是说当时镖局的主要业务就是为票号押送银镖。这就和韦小宝用吴应熊在北京金铺买的金票进行栽赃陷害的情节对应和关联上了。

韦小宝要带着双儿去吃西单老魁星馆的“炸羊尾、羊肉饺子”，可见那时候的北京饭馆已形成了自己的特色菜。清朝是我国古代饮食发展的顶峰，这里就不得不提始于康熙年间的“满汉全席”。

满汉全席当之无愧为历史上最著名的中华大宴，是清朝时集满族与汉族菜点之精华而形成的。满汉全席的最早记载是乾隆年间李斗所著《扬州画舫录》，此书中有满汉全席食单，南北特色菜系和口味兼顾。

第二节　扬州的衰败与繁华

“扬州十日”与康熙南巡

《鹿鼎记》中对一座城市的描写，着墨最多的是北京，其次便是扬州城。据统计，《鹿鼎记》中“扬州”字样直接出现了 276 次；小说以扬州为背景的有三回，分别是第二回、第三十九回和第四十回；扬州还是主人公韦小宝的出生地。

金庸先生将扬州的历史传统、自然风貌、民风民俗、百姓生活等诸多方面一一展示出来，绘就了一幅扬州全景的立体图画，这也与扬州城在小说描绘的那个时代的重要地位和特殊意义有关。

《鹿鼎记》中有一段对扬州城的概况性描写：“其时扬州繁华，甲于天下。唐时便已有‘十里珠帘，二十四桥风月’之说。到得清初，是大运河水运的枢纽，淮盐集散于斯，更是兴旺。据史籍所载，明末扬州府属共三十七万五千余丁（十六岁以上的男子），明清之际，扬州惨遭清兵屠戮，顺治三年只剩九千三百二十丁，但到康熙六年，又增至三十九万七千九百余丁，不但元气已完全恢复，且更胜昔日。”应该讲，扬州之所以能够迅速恢复元气，且成为那个时代的重要城市，最关键的就是依靠盐业。

扬州，位于江苏中部，是长江与京杭大运河交汇处，有着“中国运河第一城”的美誉，自古便是“淮左名都，竹西佳处”。清初，扬州是扬州府的府治，下辖地区包括泰州、通州、高邮三个州及江都、如皋、仪征、泰兴、宝应、兴化六个县。国家兴则扬州盛，国家衰则扬州颓，这座古老的城市的发展与国运总是保持高度一致。

我们在历史书籍或民间故事中所了解的繁华扬州其实是指今扬州市的老城——广陵区。相对老城区而言的则是新城，所谓的新城是指16世纪时，越来越多的徽州商人在扬州城墙及大运河间的区域落户经营，因商业繁荣的老城遭到倭寇侵扰，扬州的地方官员与商人联手，于1556年筑城圈起来的城郊的这片商业地区。

在交通不便的古代，扬州的交通枢纽功能决定了这座城市能够自然成为繁华的商业贸易中心，在盐业垄断的时代，又自然地成为盐业中心。反之，正因为交通位置的重要，当战乱频仍时，扬州又难免首当其冲地成为兵事频繁的地区。

明末清初遭受的一次重创便在《鹿鼎记》中多次被提起。

顺治二年（1645），南明弘光朝兵部尚书史可法率扬州军民抗御清军，最终扬州城未能守住，攻入城的清军在城内大肆屠杀，血流成河，尸骨如山，扬州死难80万人，这一惨剧史称“扬州十日”。

韦小宝遇到汉族同胞或民族主义者时，总会把史可法挂在嘴边，一方面有政治投机的目的，另一方面也说明史可法对于扬州和扬州人有着极其特殊的意义。《鹿鼎记》中有康熙主动与韦小宝谈起史可法的情节。

韦小宝道：“史阁部史大人死守扬州，那是一位大大的忠臣。

我们扬州的老人家说起他来，都是要流眼泪的。我们院子里供了一个牌位，写的是‘九纹龙史进之灵位’，初一月半，大伙儿都要向这牌位磕头。我听人说，其实就是史阁部，不过瞒着官府就是了。”

康熙点了点头说：“忠臣烈士，遗爱自在人心。原来百姓供奉了九纹龙史进的灵位，焚香跪拜，其实是纪念史可法。”“你奉了我的上谕，到扬州去宣读。我褒扬史可法尽忠报国，忠君爱民，是个大大的忠臣、大大的好汉。我们大清敬重忠臣义士，瞧不起反叛逆贼。我给史可法好好的起一座祠堂，把扬州当时守城殉难的忠臣勇将，都在祠堂里供奉。再拿三十万两银子去，抚恤救济扬州、嘉定两城的百姓。我再下旨，免这两个地方三年钱粮。”

韦小宝道：“这座忠烈祠一起，天下汉人都知道皇上待百姓很好。以前鞑……以前清兵在扬州、嘉定乱杀汉人，皇上心中过意不去，想法子补报。如果吴三桂造反，又或是尚可喜、耿精忠造反，要恢复明朝什么的，老百姓就会说，满清有什么不好？皇帝好得很哪。”

康熙同意道：“你这话是不错，不过稍微有一点以小人之心，度君子之腹。我想到昔年扬州十日、嘉定三屠，确是心中恻然，发银抚恤，减免钱粮，也不是全然为了收买人心。”

清兵入关后，清廷为巩固其对中国南部的统治，打击南明政权，而扬州恰恰是南明在长江以北的最后一道防线。扬州是南明政权控制地区中最先抗击清军的城市，如果没有史可法的统领，南明的覆灭定会提前。史可法的幕僚王秀楚曾经把清兵在扬州的暴行做了详细记载，其惨烈恐怖的内容如实地记录在了《扬州十日记》中。

就是这样一座充满流血与仇恨的城市，康熙前后共六次南巡。根据《清圣祖实录》记载：康熙帝第一次南巡在扬州府并未住宿；

第二次南巡回銮途中在扬州府驻跸一晚；第三次、第四次南巡来回都在扬州府驻跸两天；第五次南巡在扬州府行宫驻跸达十一天。

冯其庸先生认为《红楼梦》中元妃省亲的情节就是影射康熙南巡，他认为这才是造成曹家亏空衰败的直接原因。我们在这里提到曹家，提到《红楼梦》，是作为描写一个时代的两部文学作品的比较与互证，有助于我们更立体地了解当时的历史背景。

金庸先生在《鹿鼎记》第五十回也标注了一段话："后人考证，《红楼梦》作者曹雪芹之祖父曹寅，原为御前侍卫，曾为韦小宝的部属，后被康熙派为苏州织造，又任江宁织造，命其长驻江南繁华之地，就近寻访韦小宝云。"其实，曹寅被任命为苏州织造、江宁织造不假，但是他还曾被康熙任命为两淮巡盐御史，而在他任此职前后，许多扬州盐商的身影频繁闪现。第四次南巡是康熙四十一年（1702），跨入了18世纪，扬州盐商也逐渐接近了他们事业的巅峰。

得胜山与英烈夫人庙

韦小宝在妓院邂逅茅十八后，先是跟着茅十八去了得胜山。"得胜山在扬州城西北三十里的大仪乡，南宋绍兴年间，韩世忠曾在此处大破金兵，因此山名'得胜'。""那山只七八丈高，不过是个小丘"，韦小宝说："这确是得胜山。我妈和姊妹们去英烈夫人庙烧香，我跟着来，曾在这里玩过。再过去一点子路，便是英烈夫人庙了。"

小说中介绍："那英烈夫人庙供奉的是韩世忠夫人梁红玉，扬州人又称之为‘异娼庙’。梁红玉年轻时做过妓女，风尘中识得韩世忠。扬州妓女每年必到英烈夫人庙烧香许愿，祈祷这位宋朝的安国夫人有灵，照顾后代的同行姊妹。”

扬州确实有不少山丘，得胜山在现今具体何处已无从考证，这个也叫作“异娼庙”的英烈夫人庙现今也不复存在。

盐业与盐商

前文说过，“扬州十日”后的复苏离不开经济的发展，而扬州的经济又离不开盐业，因为扬盐业专营是重要的税收来源。

我们前面谈到曹雪芹的祖父曹寅曾在扬州署理两淮盐政，开启了曹氏家族的鼎盛时期。但为了迎接康熙皇帝南巡，营建三汊河塔湾行宫，为曹家的急速衰败留下了祸根，实为曹雪芹家由盛及衰的关键所在，也是曹雪芹创作《红楼梦》的重要背景。

《鹿鼎记》第二回写到扬州，起头便说：“扬州城自古为繁华胜地，唐时杜牧有诗云：‘十年一觉扬州梦，赢得青楼薄幸名。’古人云人生乐事，莫过于‘腰缠十万贯，跨鹤下扬州’。自隋炀帝开凿运河，后人凿至杭州，扬州地居运河之中，为苏浙漕运必经之地，也即是朝廷命脉的所在。明清之季，又为盐商大贾所聚居，殷富甲于天下。”

“砰的一声，大门撞开，拥进十七八名大汉。这些大汉短装结束，白布包头，青带缠腰，手中拿着明晃晃的钢刀或是铁尺铁棍。众盐商一见，便认出是贩私盐的盐枭。当时盐税甚重，倘若逃漏盐税，贩卖私盐，获利颇丰。扬州一带是江北淮盐的集散之地，一般亡命之徒成群结队，逃税贩盐。这些盐枭极是凶悍，遇到大队官兵是一哄而散，逢上小队官兵，一言不合，抽出兵刃，便与对垒。是以官府往往眼开眼闭，不加干预。众盐商知道盐枭向来只贩卖私盐，并不抢劫行商或做其他歹事，平时与百姓买卖盐斤，也都公平诚实，并不仗势欺人，今日忽然这般强凶霸道的闯进鸣玉坊来，无不又是惊惶，又是诧异。”

第三十九回时，韦小宝摇身一变成为钦差大臣，衣锦还乡。各级官员隆重接待，轮番陪同，“其余宾客不是名士，便是有功名顶戴的盐商”。

客观地讲，那时候的扬州盐商远不及后来18世纪时那样富裕，那时候的盐商甚至时常交不起赋税。康熙初年南巡时，商人们还趁机请求康熙免除商人捐税的份额，康熙应准了。研究表明：直到1717年以后，盐商们才开始大肆铺张地向朝廷进贡，而那一年已是康熙五十六年，恰好距离韦小宝与康熙初识过去了半个世纪。

禅智寺与芍药花

《鹿鼎记》写扬州时提到过淮扬道道台衙门、禅智寺、何园、瘦西湖畔鸣玉坊、丽春院等地方，基本上都在老城。尤其在谈到禅智寺和何园时，都与韦小宝儿时记忆关系密切。

禅智寺在韦小宝记忆里是怎样的呢？他为何想毁掉禅智寺的芍药花呢？

“扬州芍药，擅名天下，禅智寺前的芍药圃尤其宏伟，名种千百，花大如碗。韦小宝在十岁那一年上，曾和一群顽童前去游玩，见芍药开得茂盛，折了两朵拿在手中玩耍，给庙中和尚见到了，夺下花朵，还打了他两个耳括子。韦小宝又踢又咬，跟那和尚打闹起来，给那胖大和尚推在地下，踢了几脚。众顽童一哄而前，乱拔芍药。那和尚叫嚷起来，寺里拥出一群和尚与火工，手执棍棒，将众顽童赶开。韦小宝因是祸首，身上着实吃了不少棍棒，头上肿起了一个大块，回到丽春院，又给母亲罚一餐没饭吃。虽然他终于到厨房中偷吃了一个饱，但对‘禅智寺采花受辱’这一役却引为奇耻。次日来到寺前，隔得远远的破口大骂，从如来佛的妈妈直骂到和尚的女儿，宣称：‘终有一日，老子要拔光这庙前的芍药，把你这座臭庙踏为平地，掘成粪坑。’直骂到庙中和尚追将出来、他拔足飞奔为止。”

禅智寺，又名竹西寺，原为隋宫，后改建为寺。1853 年时毁于兵火，故址在今扬州东门外月明桥北。该寺自唐以来，便是墨客骚人盘桓吟咏之地，比如杜牧有一首诗《题扬州禅智寺》：“雨过一蝉噪，飘萧松桂秋。青苔满阶砌，白鸟故迟留。暮霭生深树，斜阳下小楼。谁知竹西路，歌吹是扬州。”

禅智寺与芍药圃的渊源颇深。扬州从隋、唐时开始栽培芍药，直到北宋，其芍药栽植数量达数十万株，全国闻名，被称为“天下之冠”。其时种植芍药的集中地便在禅智寺一带，禅智寺专门修建了芍药厅和芍药台，便于人们观赏芍药花。

《鹿鼎记》中引用扬州芍药最出名的典故，是由慕天颜恭维韦小宝时道出的：“这故事出于北宋年间。那时韩魏公韩琦镇守扬州，就在这禅智寺前的芍药圃中，忽有一株芍药开了四朵大花，花瓣深红，腰有金线，便是这金带围了。这种芍药从所未有，极是珍异。下属禀报上去，韩魏公驾临观赏，十分喜欢，见花有四朵，便想再请三位客人，一同赏花。”“那时在扬州有两位出名人物，一是王珪，一是王安石，都是大有才学见识之人。韩魏公心想，花有四朵，人只三个，未免美中不足，另外请一个人罢，名望却又配不上。正在踌躇，忽有一人来拜，却是陈升之，那也是一位大名士。韩魏公大喜，次日在这芍药圃前大宴，将四朵金带围摘了下来，每人头上簪了一朵。这故事叫做‘四相簪花宴’，这四人后来都做了宰相。”

如果说扬州文人逸事很多的话，那曾在禅智寺题过诗的杜牧则是一个非常有代表性的人物。杜牧在扬州为官十年，又是名扬天下的大诗人，难免让人产生浪漫的联想。他有一首名诗《遣怀》传世，是对这座扬州城梦幻迷人生活的最佳写照，至今依然代表着扬州的迷人形象，还被金庸先生在《鹿鼎记》中引用过：“十年一觉扬州梦，赢得青楼薄幸名。”

杜牧对扬州的迷恋既有个人喜好的原因，也是当时社会风尚使然。孔尚任是这样评论扬州对文人权贵的巨大吸引力的：“广陵为天下人士之大逆旅，凡怀才抱艺者，莫不寓居广陵，盖如百工之居肆焉。”

吴之荣在禅智寺曲意款待韦小宝也与当时扬州的所谓达官士人的社交习惯十分吻合。梅尔清研究发现：“文人精英的娱乐活动集中在一些特定的名胜景点，这些名胜景点通常与某个事件有关或与某个历史人物有各种关联，且它们通常位于扬州中心城墙外的特定的位置。这些地方，通常由于与某位拥有全国性声誉的著名人物相关，以及拥有文学遗产而成为名胜。不过，这些有特殊地位的名胜景点并不是一成不变的。特定历史人物能够引起人们对与他们相关的名胜的重视，同时历史人物声誉的变化亦影响与他们相关名胜的流行。当代名人的文化与价值干预亦不断创造新的景点名胜。在消遣娱乐方面，风景名胜的声誉发挥了重要作用。”

第三节　昆明的牌坊与名园

金马碧鸡坊与忠爱坊

崇祯十一年（1638）春天，年过半百的徐霞客来到西南边陲云南，此时恰是云南最好的季节。见多识广的徐霞客依然被云南的独特地势地貌和特色鲜明的少数民族风情所吸引，写下了总计 13 卷、26 万字内容的《滇游日记》。现在可以考证的是，徐霞客在云南停留期间，至少曾有两次进入昆明，他的日记中关于昆明的描述就约有 5 万字。此时明朝已是风雨飘摇，距离清朝入关还有 6 年时间。

《鹿鼎记》中写韦小宝护送公主到昆明，吴三桂出城迎接，“城中挂灯结彩，到处都是牌楼、喜幛，一路上锣鼓鞭炮震天价响”。这里的牌楼，很可能就是昆明的标志性建筑——金马碧鸡坊和忠爱坊。

金马碧鸡坊其实是两座雕梁画栋精美绝伦的牌坊，皆高 12 米，宽 18 米。金马坊是东坊，临金马山而得名；碧鸡坊是西坊，靠碧鸡山而得名。

金马碧鸡其实缘于古老的动物崇拜，并将动物神拟化为佛教人物，反过来看，其实也是佛教充分借助民间传说宣扬佛教教义的例证。

当地人的信仰纯朴，所以容易被政治利用。比如，吴三桂叛乱时，清廷还利用金马碧鸡神话来说明平定叛乱乃是天助大清。

忠爱坊则是《鹿鼎记》中多次提到的沐王府的老祖宗——明代初年黔宁王沐英，召集昆明各界民众为纪念元代云南行省平章政事赛典赤·赡思丁抚滇功绩建立的，以示赡思丁“上忠于君，下爱于民”，同时，这也表现了明太祖和黔宁王尊重历史、尊重人民的胸怀。忠爱坊建成后，曾于清咸丰七年（1857）为时任云贵总督恒春所毁，也就是说韦小宝陪同公主进昆明城时，此牌坊尚存。

平西王府与安阜园

“吴三桂迎导公主到昆明城西安阜园暂住。那是明朝黔国公沐家的故居，本就崇楼高阁，极尽园亭之胜，吴三桂得到公主下嫁的讯息后，更大兴土木，修建得焕然一新。吴三桂父子隔着帘帷向公主请安之后，这才陪同韦小宝来到平西王府。”“那平西王府在五华山，原是明永历帝的故宫，广袤数里，……巍阁雕墙，红亭碧沼，和皇宫内院也已相差无几。”

吴三桂的平西王府是原五华山永历皇宫，这是有史料记载的。

而安阜园则是吴三桂给陈圆圆专门兴建的，并非原沐王府。安阜园即现在的昆明市莲花池公园，此处又被称为“龙池”“冷泉”，在明洪武时期就是“滇阳六景”之一，被赋予“龙池跃金”的美名。

吴三桂当年在距离平西王府六公里的西南方向斥巨资打造安阜园来专宠自己的爱妾陈圆圆，还命人修筑了一条栈道，由五华山直通莲花池，供其往来于佳人与政务之间。此举有效避免了妻妾冲突，保全了陈圆圆，使陈圆圆在此园享受了十几年的荣华富贵。

史实却不浪漫，陈圆圆最终失宠于吴三桂，于商山寺出家修行。吴三桂死讯传来，陈圆圆投莲花池自尽身亡，她的尸体按佛教仪式火化后，葬于商山之上。

第十四章 文化与娱乐

第一节　文房四宝

文房即书房，《鹿鼎记》中正式提到过两个书房：一个是康熙皇帝的书房，侧重于描写摆设豪奢和藏书众多；另外一个是平西王吴三桂的书房，侧面突出其一介武夫不读书的特点。文房四宝是旧时对笔、墨、纸、砚四种文具的统称。《鹿鼎记》中涉及文房四宝的情节有两处。

第一处是提到湖州时："当地又以产笔著名，湖州之笔、徽州之墨、宣城之纸、肇庆端溪之砚，文房四宝，天下驰名。"

第二处提到文房四宝也仅有一段文字，却字字珠玑，优美典雅，意蕴丰富。可惜的是这些文房四宝摆在不学无术的伯爵大人韦小宝面前，实为暴殄天物。暂且抛开韦小宝不懂欣赏的因素，我们来细细品味这些段落语句的文学手法，欣赏这些书房宝物之美。

"伯爵大人从不执笔写字，那亲随心中纳罕，脸上钦佩，当下抖擞精神，在一方王羲之当年所用的蟠龙紫石古砚中加上清水，取过一锭褚遂良用剩的唐朝松烟香墨，安腕运指，屏息凝气，磨了一砚浓墨，再从笔筒中取出一枝赵孟𫖯定造的湖州银镶斑竹极品羊毫笔，铺开了一张宋徽宗敕制的金花玉版笺，点起了一炉卫夫人写字时所焚的龙脑温麝香，恭候伯爵大人挥毫。”

研究金庸作品的严晓星认为这段文字夸张反讽的喜剧风格与象征暗示的奢华氛围，都借助长句的排比与典故的堆砌来表现，虽是一反一正，渊源却不言自明。

王羲之用的蟠龙紫石古砚，褚遂良用剩的唐朝松烟香墨，赵孟𫖯定造的湖州银镶斑竹极品羊毫笔，宋徽宗敕制的金花玉版笺，以上四宝再加上一炉卫夫人写字时所焚的龙脑温麝香，可谓是中国古时文人风雅的顶级配置。

王羲之，东晋人，琅琊临沂（今山东临沂）人，后迁会稽山阴（今浙江绍兴），晚年隐居剡县金庭。他是大书法家，摆脱了汉魏笔风，自成一家，代表作《兰亭序》被誉为“天下第一行书”，“书圣”美誉至今无人超越。

说到紫石砚可能很多人不知道，其实就是四大名砚中的端砚。端砚古时已十分名贵，产地在唐初端州（今广东肇庆）。端砚特点是石坚、润滑、细腻，研墨时不滞，研出的墨汁细滑，书写流畅不损毫，且字迹颜色经久不变。

上乘的端砚另有天地灵秀的神奇，无论严寒酷暑，用手按在砚心上，砚心湛蓝墨绿，水汽氤氲，这便是“呵气研墨”的由来。

褚遂良，唐朝人，祖籍阳翟（今河南禹州），杭州钱塘（今浙江杭州）人。他既是政治家，又是书法家，传世墨迹有《孟法师碑》《雁塔圣教序》，与欧阳询、虞世南、薛稷并称“初唐四大家”。

松烟墨，这名字本身就会让人脑海中呈现出国画的意境，其实这名字的由来不过是因为古代制墨多用松木烧出烟灰做原料。松烟墨的特点也如其名，浓黑，无光泽，入水易化开。

赵孟頫，南宋末至元初人，浙江吴兴（今浙江湖州）人。他可是正经的皇室子弟，响当当的宋太祖赵匡胤十一世孙，可惜他在世时历经家国巨变。他的流芳百世得益于他的书画才华，作为书法家，他自创“赵体”，与欧阳询、颜真卿、柳公权并称“楷书四大家”；作为画家，他开创元代新画风，被称为“元人冠冕”。

湖笔，又称“湖颖”，原产地在浙江吴兴县善琏镇。湖笔最大的特点在“颖”，“颖”是指毛笔笔锋尖端那一小段整齐透亮的部分，制笔者的专业术语称为“黑子”。湖笔蘸墨，笔锋仍尖，铺展在纸面，内外之毛整齐。颖的水准的保持是建立在出人意料的原材料之上的：每只吴兴县善琏镇的山羊只出三两可制作毛笔的毛，这些毛必须是羊腋下的毛，再从中挑选有颖的只有六钱。

宋徽宗，宋朝第八位皇帝，大名赵佶。赵佶善书画。他在政治上的软弱无能和他自创的“瘦金体”书法、自成“院体”的绘画令人无法忘记，后世评价“宋徽宗诸事皆能，独不能为君耳！”

金花笺，也叫“描金笺”，是古代名纸，顾名思义就是描绘有金花的书笺。金花笺上写瘦金体，真是金碧辉煌、皇家气概，自然宋徽宗最合适不过。据说，宋徽宗在金花笺上不仅写字作画，有时下诏也用这种纸，简直是把公文当艺术品去创造。

卫夫人，原名卫铄，晋代人，河东安邑（今山西夏县）人。卫夫人是“书圣”王羲之的书法启蒙老师。高徒必有名师，卫夫人的传世楷书八行在《淳化阁帖》。

龙脑，古时一般就是指冰片，用专业语言表述就是由菊科植物艾纳香茎叶或樟科植物龙脑樟枝叶经水蒸气蒸馏并重新结晶而得。

在整部小说中唯一一处描述精美的文房四宝的段落里，虽然顺带提到了中国历史上鼎鼎大名的四位书画家，但并没有针对书画本身进行叙述。《鹿鼎记》中提到书画的是其他情节。

第二节　雕版印刷

清朝兴文字狱，重要原因之一是当时雕版印刷术的使用，使图书的传播变得更快速，社会影响自然也更大。

雕版印刷图书在江南一带有多种运作方式：既可以是政府组织印刷，即为官刻；也可以由民间专门商人印刷，即为坊刻；有条件的家庭甚至可以在家里印刷，即为家刻。

印刷史将雕版印刷称为“活化石”，杭州和扬州则是公认的中国雕版印刷术的发源地，雕版印刷术在江南地区兴盛发展与当时这片区域的经济发展和文化进步有密不可分的关系。

雕版印刷的文化意蕴和工匠精神不言而喻。2009 年，雕版印刷正式入选《世界人类非物质文化遗产代表作名录》。现在扬州还保存着全套的古老雕版印刷工艺。

第三节　书法绘画

康熙下旨让韦小宝代自己在少林寺出家，随后又下一道密旨，这道密旨只有四幅画。“原来康熙雅擅丹青，知韦小宝识字有限，便画图下旨。这四幅画说得再也明白不过，是要他到清凉寺去做住持，侍奉老皇帝。”

第一个问题是：“丹青”为何可以指代绘画？

丹青，丹指丹砂，青指青臒，这两种矿物颜料比植物性颜料保存时间长，不易褪色。国画最常用的颜色是青色和朱红色两种，有的国画连朱红色都不使用，所以“丹青”逐渐成为中国绘画艺术的代称。

金庸先生另外一部小说《笑傲江湖》中有一位人物叫丹青生，他因为好丹青而得名，并与黄钟公、秃笔翁、黑白子合称“江南四友”。

第二个问题随之而来：历史上的康熙皇帝是否擅长丹青？

清朝建国之初，定满文为国书，然清代诸帝为了巩固统治，积极学习汉族的传统文化。史料记载，康熙帝常常在退朝之后，召南书房翰林或精于书画的朝臣陪侍，观摩碑帖，切磋书画技艺。由此可以看出康熙在处理政事之余，勤习翰墨，并以书法绘画同近臣交流。

康熙的书法作品存世很多，但绘画作品极为罕见，目前国内可考的康熙帝画作也仅有四五幅。2012 年，金州博物馆在对从金州图书馆转移过来的 1000 多件古书画整理造册时，发现一幅落款为康熙帝的画作《松风图》，后经专家鉴定确为康熙真迹。

这幅画作 31 厘米纵长，47 厘米横长。画面展示的是风吹松树，动态十足，生机无限。画作上盖有“康熙御笔之宝”的朱红色大印。卷轴左侧还有李光地等八位朝廷重臣的手书题跋，均是对康熙皇上书画造诣的赞美与恭维。

康熙真迹《松风图》构图较简单，但在细节刻画上笔笔不苟，严谨有度。如表现松干的龙鳞、疤痕，表现松枝的皴点等，都体现了康熙帝在绘画方面的功力。根据这种水平，给韦小宝画几幅小人书一般的漫画对康熙来说应该不是难事。

顺带一提《鹿鼎记》中还有一处精致而高深的细节，不识字的韦小宝想给康熙写信报告有人要刺杀他，但是苦于不会写字，旁边的亲随不知韦爵爷是彻头彻尾的大文盲，还错以为“原来伯爵大人不是写字，是要学梁楷泼墨作画”。亲随还想象力丰富地意淫出了韦爵爷的笔法“既似北宗李思训的斧劈皴，又似南宗王摩诘的披麻皴，实集南北二宗之所长”。不知底细的亲随越看韦爵爷越觉其高深莫测，心知肚明的读者自然觉得风趣可笑。这个亲随虽然看走了眼，但他的学识想必是渊博的，因为透过他的错误眼光，是对三位著名画家的风格与渊源的精致归纳。

《泼墨仙人图》是南宋画家梁楷创作的纸本水墨人物画。人物形象意味深长，既调皮可爱，又仙风道骨，画中的仙人醉意迷离，洞悉世情，嘴角流露出一丝神秘微笑。此画的笔功虚实穿插，令人产生极静、极远、极深的视觉印象，被誉为墨象语言真正独立的标志。

明代董其昌在《画旨》一书中提出中国画史上有文人画家与职业画家两大不同的风格体系，即南北宗论。董其昌认为南宗王摩诘（王维）始用渲淡，一变勾斫之法，北宗李思训父子着色山水。对于艺术的见解从来就不会有定论，董其昌的这种南北宗分类在后世也遭到了许多批判。

第四节　诗词曲赋

《鹿鼎记》像金庸先生之前的许多作品一样，引用了诸多诗词曲赋。

风雨江面上，吴六奇在漂泊的船上唱起孔尚任的《桃花扇》：“走江边，满腔愤恨向谁言？老泪风吹面，孤城一片，望救目穿。使尽残兵血战，跳出重围，故国悲恋，谁知歌罢剩空筵。长江一线，吴头楚尾路三千，尽归别姓，雨翻云变。寒涛东卷，万事付空烟。精魂显大招，声逐海天远。”陈近南在远处江中应唱：“千古南朝作话传，伤心血泪洒山川。”

吴六奇说：“孔尚任是在下的好友，他心存故国，谱了一套曲子叫《桃花扇》，说的是南朝史阁部抗清的故事，这支曲子写的是史阁部精忠抗敌，沉江殉难。近年来满清大兴文字狱，孔兄弟这套曲子不敢公开布露，在下平时听孔兄弟唱得多了，此刻江上风雨大作，不禁唱了起来。”

孔尚任，清初山东曲阜人，孔子的六十四代孙，他继承了儒家的思想传统，曾因给康熙讲经被赏识，破格授为国子监博士，他同时在诗歌和戏曲方面也取得了很大的成就。

孔尚任最为人知的作品是《桃花扇》。这部作品的创作得益于他曾奉命赴江南治水四年，他从淮扬这片政治军事斗争的重要地区收集到了许多民间素材，在创作构思的过程中，对现实的认识也发生了深刻变化。

《桃花扇》有两条脉络：一条是明末侯方域与秦淮艳姬李香君的悲欢离合的情感纠葛，另一条是南明弘光朝的兴亡。他把两条线有机地结合在一起，从而突破了中国才子佳人大团圆的传统模式，同时把男女之情与国家兴亡联系在一起，从而得到哲理性的升华。

金庸先生在这里引用孔尚任《桃花扇》的主要原因应该有二：一是孔尚任是孔子的后代，也就是儒家文脉，康熙对满汉关系的思考很重视；二是《鹿鼎记》中塑造的吴六奇和陈近南都是“反清复明”的代表人物，与《桃花扇》中讲述的故事背景和内涵有异曲同工之处。

韦小宝衣锦还乡回扬州，吴之荣宴请他，请笛师伴奏，歌妓唱了杜牧的两首诗，一首《寄扬州韩绰判官》：“青山隐隐水迢迢，秋尽江南草未凋。二十四桥明月夜，玉人何处教吹箫？”还有一首《遣怀》：“落魄江湖载酒行，楚腰纤细掌中轻。十年一觉扬州梦，赢得青楼薄幸名。”这两首诗现在基本上是人们提到扬州就会条件反射般想起的诗句。

唐代大诗人杜牧直接写扬州的作品有12首，只因他与扬州的渊源颇深。他曾应淮南节度使牛僧孺邀请来扬州，历任多个职务，直到两年后他官拜监察御史赴长安供职。两年后的秋天，他的弟弟杜颤因患有眼疾辞官到扬州，住在禅智寺休养，杜牧又请了眼医石公集一同来扬州看望杜颤。

《鹿鼎记》引用的这两首诗都不是杜牧在扬州期间写的，分别是他第一次离开扬州和第二次离开扬州后，回忆起扬州的人、情、景、物而作。

笛声悠扬，歌声婉转，杜牧的诗唱起来想必动听。小说中随后又来一个举止娴雅的歌妓，唱的是秦观的《望海潮》：“星分牛斗，疆连淮海，扬州万井提封。花发路香，莺啼人起，珠帘十里春风。豪俊气如虹。曳照春金紫，飞盖相从。巷入垂杨，画桥南北翠烟中。”可惜，韦小宝听不出好歹，胡说八道地评论一番。

秦观，字少游，地地道道的扬州高邮人，北宋文学史上的重要作家，婉约派词人，与吴三桂两人是《鹿鼎记》中提到的有名有姓的历史真实人物中仅有的同乡。

下面这位清代诗人的作品则是由《鹿鼎记》中的大反派吴之荣介绍的。吴之荣道：“有一首新诗，是眼下一个新进诗人所作，此人叫作查慎行，成名不久，写的是扬州田家女的风韵，新鲜得很，新鲜得很。”这首诗写道：“淮山浮远翠，淮水漾深渌。倒影入楼台，满栏花扑扑。谁知阛阓外，依旧有芦屋。时见淡妆人，青裙曳长幅。”

查慎行，初名嗣琏，后改名慎行，清代诗人，“清初六家”之一，他是浙江海宁袁花人，金庸先生的先祖。

许汝霖在《敬业堂诗集序》中说查慎行的诗“平生所作，不下万首”，后经他本人删定为4600余篇，《鹿鼎记》的所有回目便都是集自查慎行诗中的对句。结合《鹿鼎记》第一回中对清初相关历史事件和人物的讲述，我们可以观察和理解金庸先生的历史观，他对先祖的尊敬也表露无遗。

《鹿鼎记》中还用庞大的篇幅介绍了明末清初诗人吴伟业所作的《圆圆曲》，甚至撰写出陈圆圆本人登场，自弹琵琶自评判。关于此曲的理解在后面介绍陈圆圆的章节中另有分析。

第五节　小说演义

清初是小说的繁荣期，因为当时清朝统治者的注意力集中在军事统一和政治布局上，尚无余力来周密地管制文化创作，客观上为小说的创作提供了较为自由的空间，同时前人所作小说的流行也没有受到阻碍。

《鹿鼎记》中多次提到《三国演义》。比如建宁公主和韦小宝玩闹时，拿“诸葛亮七擒孟获”做比喻，金庸先生在小说中的说法是：“满清皇族人人对三国故事十分熟悉，《三国演义》她已看过三遍。”

众所周知，中国第一部长篇章回体历史演义小说《三国演义》描写了从东汉末年到西晋初年，魏、蜀、吴三国之间的政治和军事斗争，作者罗贯中将兵法融于情节，故事曲折，引人入胜。

《鹿鼎记》所写的那个年代，《三国演义》是当之无愧的畅销书，甚至出现了日译本——日僧于康熙二十八年（1689）编译出版日文版的《通俗三国志》，在日本也引起了巨大反响。

《鹿鼎记》第三十六回末尾甚至有专门描述由《三国演义》引

发的思考与论述。“中国立国数千年，枭雄争夺帝皇权位、造反斫杀，经验之丰，举世无与伦比。韦小宝所知者只民间流传的一些皮毛，却已足以扬威异域，居然助人谋朝篡位，安邦定国。其实此事说来亦不希奇，满清开国将帅粗鄙无学，行军打仗的种种谋略，主要从一部《三国演义》小说中得来。当年清太宗使反间计，骗得崇祯皇帝自毁长城，杀了大将袁崇焕，就是抄袭《三国演义》中周瑜使计、令曹操斩了自己水军都督的故事。实则周瑜骗得曹操杀水军都督，历史上并无其事，乃出于小说家杜撰，不料小说家言，后来竟尔成为史实，关涉到中国数百年气运，世事之奇，更胜于小说了。满人入关后开疆拓土，使中国版图几为明朝之三倍，远胜于汉唐全盛之时，余荫直至今日，小说、戏剧、说书之功，亦殊不可没。”

康熙在与韦小宝谈论施琅的人才使用问题时，韦小宝还用《三国演义》中的典故恭维：“皇上这条计策，诸葛亮也不过如此。奴才看过一出《定军山》的戏，诸葛亮激得老黄忠拼命狠打，就此一刀斩了那个春夏秋冬什么的大花面。”这次韦小宝对《三国演义》的了解则是来自戏曲，我们就在最后谈谈戏曲，以及说书。

第六节　戏曲说书

韦小宝除了与康熙皇帝提到《定军山》这出戏，还提到过《梅龙镇》；他在康亲王府看过《满床笏》《白水滩》和《游园惊梦》三出戏；想法子救茅十八时，又想起了《法场换子》和《搜孤救孤》两出戏；在莫斯科思考如何帮助苏菲亚夺权时，他想到了《斩黄袍》《鹿台恨》和《逍遥津》三出戏；等等。

乱世之际，常常也是文艺蓬勃发展的时期，明清更替之际亦如此，虽然战火硝烟弥漫，戏曲却在民间焕发勃勃生机，只是戏曲内容由和平时期的日常生活转向政治的风云转变。

康熙二十八年（1689），《长生殿》由于影射和涉及皇家私事而被禁演，但就在这一年，康熙出行蒙古途中忍不住要求演了一场《长生殿》，康熙对戏曲的喜爱可见一斑。康熙还曾深入研究戏曲，甚至对戏曲的发展提出改进和创新的意见。

“戏迷”皇帝康熙对昆曲最是钟爱，他曾下谕给伶人戏子：“尔等向之所司者，昆弋丝竹，各有掌职……丝竹与曲律相合为一家，手足与举止睛转而成自然，可称梨园之美何如也。”这可绝非戏说，而是白纸黑字地印在故宫博物院文献部的《掌故丛编》中的。

《鹿鼎记》中康亲王在王府中宴请韦小宝、索额图、吴应熊等人，“王府戏班子出来献技”，“其时康熙年间，北京王公贵人府中演戏，戏子乃是昆班，擅演武戏”。由此可见，金庸先生捕捉历史细节的用心。

索额图与韦小宝结拜后，说过几天邀请韦小宝到自己家里喝酒听戏，韦小宝听到“听戏”二字大喜，因为“扬州盐商起居豪奢，每逢娶妇嫁女、生子做寿，往往连做几日戏”，“至于迎神赛会，更有许多不同戏班子唱戏”。这段关于韦小宝作为扬州人自小喜欢听戏的描写同样与实情吻合。扬州作为南方经济中心，戏曲得到了蓬勃发展。清代汪康年编辑的《振绮堂丛书初集》中收录《圣祖五幸江南全录》，康熙第五次南巡在扬州行宫，“宫眷驻跸，演戏摆宴”。这次南巡返程时，康熙经过扬州，两次“进宴演戏”。在兴趣爱好上，韦小宝与康熙真的可谓知己。

对历史一窍不通、99%可以算得上文盲的韦小宝，为获取文化知识和历史经验，基本上依靠关于历史人物和历史事件的戏曲和说书。韦小宝生于扬州，远离云谲波诡的政治中心，当时扬州的多数百姓安于现状，注重享乐，这正是农耕经济长期熏染下的小市民心理。韦小宝喜欢听人说书，内容大多是朝迁世变涌现的英雄传奇，为帝王将相歌功颂德。这些直接影响了韦小宝的处世哲学，例如义字当头、对权力的仰慕。

说书大约起源于宋代，是我国非常古老的传统曲艺之一。说书一般是一人演说，通过叙述故事情节、描写情景景象、模拟故事人物、评论判断事理等艺术手段，淋漓尽致地演绎故事。

金庸先生在《鹿鼎记》中提到最多的是《英烈传》。“韦小宝却在扬州茶坊之中将这部《英烈传》听得滚瓜烂熟。其时明亡未久，人心思旧，却又不敢公然谈论反清复明之事，茶坊中说书先生讲述各朝故事，听客最爱听的便是这部敷演明朝开国、驱逐胡元的《英烈传》。”

这部《英烈传》不仅在南方的茶坊是常见节目，即使在北京也是一样，有一次韦小宝“走出宫门，在大街上转了几转，见一家茶馆中有个说书先生在说书，便踱进去泡了壶茶坐下。说书先生说的正是《英烈传》”。“如此又过月余，韦小宝这一日又在茶馆中听《英烈传》。茶博士见他是宫中太监，给的赏钱又多，总是给他留下最好的座头，泡的是上好香茶。”

《英烈传》，又名《大明英烈传》或《明皇英烈传》，讲述的是朱元璋起义，最终推翻元朝统治并建立明政权的故事，在民间流传极广，深受“反清复明”人士的喜爱。

韦小宝在莫斯科郊外想起《大明英烈传》时，也捎带着想起说书先生说《水浒传》中“林教头火并王伦”，从而得出这样的结论：“总而言之，要做皇帝，非打不行。就算做了皇帝，如果打不过人家，皇帝还是会给人家抢去做，就算不抢去，也会出丑倒霉。”韦小宝在替苏菲亚公主想方设法夺权时，展现出之前康熙对他潜移默化的影响来。他想起的那些戏文也好，说书也好，其实无非印证了康熙在中国的施政策略的正确性，从而帮助韦小宝下定决心而已。

韦小宝也受到了《三笑姻缘》正反两方面的影响。《三笑姻缘》讲述的是江南才子唐伯虎与太师丫鬟秋香的恋爱故事，这是一个在民间流传至今的说书作品。

在扬州丽春院，韦小宝用手段将众女子抱到同一张大床上，在犹豫是否把阿琪也“一并处理”时，他想的是：“说书的说‘三笑姻缘九美图’，唐伯虎有九个老婆。我就把阿琪算在其内，也不过是八美，还差了一美。”“关云长千里送皇嫂，可没将刘大嫂变成关二嫂。韦小宝七步送王嫂，总不能太不讲义气，少两美就少两美吧，还怕将来凑不齐？”

阿琪或许是整部小说中，韦小宝觉得漂亮、完全可以得手但最终放过的女性，而韦小宝良心发现的原因居然是他身上的闪光点——讲义气，兄弟妻不可欺。这种义气却依然受到《三国演义》中刘关张的义气的感染与熏陶，这印证了金庸先生曾经的一个观点：“《三国》故事成了中国大众精神生活的一部分，人民从其中接受道德教育与价值标准。应当像刘备、关羽那样重视对朋友的义气，要爱护人民，绝不可像曹操那样忘恩负义，为了自己的利益而做奸诈毒辣的事。刘备与关羽的道德模范比孔子、孟子更加普及、有效而重要。”

第十五章　青楼与赌博

第一节　青楼与社会

陈圆圆与韦春芳

妓院，也叫青楼，对韦小宝的影响很大，他身上的许多习气和观念都主要在此沾染习得。在妓院里出生成长的韦小宝饱尝人间冷暖，对世间苟且之事习焉不察，例如对男女关系的随意、对权力与金钱的追逐等。总之，妓院对韦小宝日后的人生选择与轨迹产生了重大影响。

明末清初，朝权更替，时事变迁，许多文人退避到青楼，一方面以纵情声色消解时政压迫，另一方面以奢靡享乐作为排遣忧愤的方式。伴随在这些风流文人身边的青楼女子也有许多过人的才情。古来至今关于才子佳人的浪漫想象在这个时期更是演绎出绚烂多姿的故事与景象。

《鹿鼎记》中就描写了一位女性，她与明末皇帝崇祯、大顺皇帝李自成、大周皇帝吴三桂皆有纠葛，她就是秦淮八艳之一的陈圆圆。

陈圆圆作为一名青楼女子，既见证了一个错综复杂时代的风云际会，也在某种程度上影响了历史的发展变化。韦小宝在云南时曾对吴三桂的女婿夏国相说：“王爷的王妃听说叫做陈圆圆，乃是天下第一美人。我大清得这江山，跟陈王妃很有些干系。”

《鹿鼎记》中对陈圆圆出场的描写极为精彩，见多识广的好色之徒韦小宝，“手捧茶碗，张大了口竟然合不拢来，刹时间目瞪口呆，手足无措”，“双膝一软，跌坐入椅，手中茶水溅出，衣襟上登时湿了一大片”；平日里面对皇帝、亲王、教主等人都伶牙俐齿的韦小宝说话都开始口吃起来；瞎话连篇的撒谎精韦小宝“胸口热血上涌，只觉得就算为她粉身碎骨，也是甘之如饴，一拍胸膛，站起身来，慷慨激昂”；时常发誓时心里还各种腹诽与欺骗的韦小宝，诚心诚意地“向着她冬冬冬的磕了几个响头”；不懂得怜香惜玉的大男子主义者韦小宝第一次发乎内心地把陈圆圆脸颊上的泪滴“轻轻擦去，柔声安慰”。

这还是金庸先生塑造的那个韦小宝吗？还是无论多么庸俗下流的人见到世间最美的人儿也会被激发出内心对美的渴望与尊重，甚至自卑？

小说中，陈圆圆自弹琵琶自唱清初诗人吴梅村的诗歌《圆圆曲》，这首作品写于顺治八年（1651），也是清诗中享有最高声誉的七言歌行，以吴三桂和陈圆圆的悲欢离合构成全诗的叙事情节。其中一句“恸哭六军俱缟素，冲冠一怒为红颜”把吴三桂和陈圆圆钉在了世界罗曼史上。“妻子岂应关大计，英雄无奈是多情。全家白骨成灰土，一代红妆照汗青”则直接道出了情感在历史现实面前的无奈与消逝。

韦小宝还将陈圆圆与自己亲妈韦春芳做过简单的比较：“你出

瘦西湖

身于妓院，我也出身于妓院，不过一个是苏州，一个是扬州。我妈妈是在扬州丽春院做妓女的。不过她相貌跟你相比，那是一个天上，一个地下。”“唉，我事情太忙，早该派人去接了我妈妈来，不能让她做妓女了。不过我见她在丽春院嘻嘻哈哈的挺热闹，接到了北京，只怕反而不快活。”

陈圆圆和韦春芳非常符合张岱以“名妓”和“歪妓”对扬州地区妓女的两分法，这种分类法摆脱法律身份的考虑，完全由她们实际的营业活动来区别。陈圆圆那种“名妓”因为各种因素，已建立较高的声名，不乏慕名而来者，所以能坐以待客，甚至可以对客人进行选择，不轻易接待来历不明的客人；韦春芳这类“歪妓”，没有特别的资源可以凭借，而必须在城市中流动人口最密集的地区，以抛头露面的方式招揽客人。

虽然陈圆圆和韦春芳的相貌是云泥之别，但从幸福度衡量的话，最终投水自尽的陈圆圆好像还不如韦春芳。陈圆圆是真实的历史人物，但在《鹿鼎记》所写的故事背景下已经不再是青楼女子了，而《鹿鼎记》中最著名的青楼女子当数韦春芳，这是一个虚构的人物，却可以折射出当时最真实的娼妓生活。

《鹿鼎记》一书中，也是因为韦春芳，才有了第一主人公韦小宝的出场。“清朝康熙初年，扬州瘦西湖畔的鸣玉坊乃青楼名妓汇集之所。这日正是暮春天气，华灯初上，鸣玉坊各家院子中传出一片丝竹和欢笑之声，中间又夹着猜枚行令、唱曲闹酒，笙歌处处，一片升平景象。”在这一片升平景象中，却有盐枭闯入丽春院中闹事，“站在一旁的众妓女之中，突然有个三十来岁的中年妓女‘咯咯’一声，笑了出来”。

这一笑不要紧，惹怒了私盐贩子不说，还挨了两记耳光，这时候韦小宝冲出来用扬州话大骂盐枭：“你敢打我妈！你这死乌龟、烂王八，你出门便给天打雷劈，你手背手掌上马上便生烂疔疮，烂穿你手，烂穿舌头，脓血吞下肚去，烂断你肚肠。”这孩子又手脚灵便，那盐枭不仅抓他不到，反倒受他捉弄。那盐枭气得砰的一拳，打在那中年妓女脸上，那妓女立马晕了过去。这名因为没憋住笑而挨了两巴掌加一拳的中年妓女就是韦春芳。

据统计，金庸先生所有的武侠小说中提到有名称的妓院共十家，其中七家在扬州。关于扬州妓院的情况，可以从《鹿鼎记》的细节中窥测，正因为韦小宝从小成长于妓院，才让他在少林寺山脚下的乡镇妓院成功冒充了“六院联号的大老板”，唬住了老鸨：“老子在扬州开的是丽春院、怡情院，在北京开的是赏心楼、畅春阁，在天津开的是柔情院、问菊院，六家联号。”韦小宝当然有底气吹牛，“这六家都是扬州著名的妓院，否则一时之间，他也杜撰不出六家妓院的招牌”。

“那日韦小宝到了扬州，带了夫人儿女，去丽春院见娘。母子相见，自是不胜之喜。韦春芳见七个媳妇个个如花似玉，心想：‘小宝这小贼挑女人的眼力倒不错，他来开院子，一定发大财。’”通观全书，我们找不到丝毫韦春芳悲观厌世的迹象，反倒为《鹿鼎记》增添了一些幽默的成分。

金庸先生在刻画韦春芳作为母亲这个社会角色时非常注重细节，颇为感人。韦小宝从北京回到扬州丽春院时，韦春芳哭道：“你死到哪里去了？我在扬州城里城外找遍了你，求神拜佛，也不知许了多少愿心，磕了多少头。乖小宝，你终于回到娘身边了。”“韦春芳泪眼模糊，见儿子长得高了，人也粗壮了，心下一阵欢喜，又哭了起来……”可谓儿行千里母担忧。“韦小宝摸出两锭银子，共有三十几两，塞在母亲手里”时，“韦春芳一阵喜欢，忽然流下泪来”，说的话是：“我……我给你收着，过得……过得几年，给你娶媳妇。”

这就是一个底层妓女的母爱，并不因为社会工作的低贱而在亲情上打折扣。当韦春芳发现韦小宝偷偷去解阿珂衣衫时，以为韦小宝要偷客人东西，骂道：“小王八蛋，咱们人虽穷，院子里的规矩可坏不得。扬州九大名院，哪有偷客人钱的。快出去！”韦春芳“一阵气苦，流下泪来，拿起床头的两锭银子，摔在地下”。盗亦有道，妓亦有道。韦春芳穷，但对儿子做人做事的期待与其他的母亲没有区别，在教育方面从不含糊。

妓院的社会功能

妓院实际上是一个相对独立和完整的有机体，其中的核心构成群体除妓女之外，还有从事行政统筹工作的老鸨、给妓女表演伴奏的乐工，以及辅助服务工作的杂役和婢女，还有不可或缺的美食创造者——厨师。在这个相对独立而完整的空间中，一种独特的生活感受诞生了。

在某种程度上，妓院可谓是最能反映和代表一座城市繁华程度的经营场所，其实，妓院也是城市中最重要的综合社交场所之一。妓院不仅有猥琐下流的以发泄性欲为目的的嫖客，还聚集着许多在现世中遭遇不平却又无从发泄的侠义之士。

综合而言，妓院在当时承担的社会功能多种多样：一方面作为经营场所，以名副其实的“销金窟”代表着一地较高社会阶层的消费水平；另一方面又能会聚文人侠客，因而又是风云际会的繁华处。

《鹿鼎记》中几次集中笔墨描写妓院场景，基本上都不是为了描写嫖妓本身。比如丽春院最初是盐商宴请聚会的地方，同时还是江湖寻仇的冲突发生场所。再比如韦小宝之所以能够让“七美”与自己同床，则因为其中最难“搞定”的阿珂当时是跟着郑克塽到丽春院与蒙古葛尔丹王子密谋接头的，用郑克塽的话说就是：“妓院中没有公差前来啰唣，咱们住在这里，稳妥得多。我跟你倒也罢了，葛尔丹王子一行人那副蒙古模样，可惹眼得很。”妓院在这里又成了掩人耳目的秘密活动场所。

第二节　赌博与社会

赌博在各阶层的流行

“余常不解吴俗好尚有三：斗马吊牌、吃河豚鱼、敬畏五通邪神，虽士大夫不能免。”这是康熙时著名文人王士禛所说的南方地区的“吴俗三好”，其中第一好就是赌博：斗马吊牌就是一种赌博，已成为一个地方的习俗之首，可见康熙时期赌博风气已经十分盛行了。

《鹿鼎记》中皇宫里有赌博、王府里有赌博、妓院里有赌博、饭桌上有赌博……而赌博的方式既有传统项目，也有突破与创新，也有对国外的借鉴与引进。赌博既可以很文雅，也可以很粗俗，三教九流皆可参与。

最简明直接的赌博，就是《鹿鼎记》中时常出现的也是韦小宝最擅长的掷骰子、推牌九、押宝之类。关于赌博的方法，书中比较详细地介绍了掷骰子：“当时掷骰子赌钱，骰子或用四粒，或用六粒；如用六粒，则须掷成四粒相同，余下两粒便成一只骨牌，两粒六粒点是‘天’，两粒一点是‘地’，以此而比大小。”

《鹿鼎记》中从妓院聚赌写到宫内宦官聚赌，从王爷大臣组织的私人聚会赌博写到带兵打仗武官带头赌博，在这个过程中最突出的赌徒就是韦小宝。韦小宝的一生可以算得上是一场赌博，每次遇到新情况和新问题，不知该如何是好的时候就开始在心里“押宝”，孤注一掷、铤而走险的赌徒心理表现得淋漓尽致。韦小宝走到哪里，就赌到哪里，甚至跟俄罗斯交战时还要赌，最后还带着他的老婆们一起赌。

清代的赌博从宫廷到文武官员，从达官显贵到贩夫走卒，从老幼到妇女，参与赌博活动的群体基本涵盖了社会各界和各层。

关于清代掌故遗闻的汇编《清稗类钞》中专门有“赌博类”，其中记载:“国初,苏州富商大贾,妇女宴会,辄广携白镪,招邀赴会,谓之花赌。沿至于今，犹未改也。”这也与本章前面我们描述的清初青楼业与赌博业的密切联系相互佐证。

赌风之盛，给社会生活带来了显而易见的负面影响，比如韦小宝说出的那句俗语“赌台上没父子”。清中叶以后“七字歪诗，八张马吊，九品头衔，十分和气”的民谚，说明马吊等赌博项目，已经成为小京官们在官场上厮混的必备手段。其实此类情况在《鹿鼎记》中也有体现。

康亲王手下一个叫江百胜的总兵通过有意输给韦小宝，对其进行实质的利益输送。韦小宝连连赢钱后，“远远侧眼瞧那江百胜掷骰子的手法，只见他提骰、转腕、弯指、发骰，手法甚为熟练，正是江湖上赌钱的一等一好手，适才赌得兴起，没加留神”，这时他才恍然大悟：“原来这家伙是故意输给我的。怪不得我连赢五记，否则哪有这么运气好？”他转而又想：“为什么连一个素不相识的记名总兵，也要故意输钱给我？自然因为我在皇上跟前有面子，大家盼我为他们说好话。就算不说好话，至少也不捣他们的蛋。”

清初的禁赌政策

《鹿鼎记》中有这样一个情节：“此后日复一日，年复一年，韦小宝和七女便在通吃岛上耽了下去。每年腊月，康熙必派人前来颁赏，赏赐韦小宝的水晶骰子、翡翠牌九、诸般镶金嵌玉的赌具不计其数。”

按照历史中康熙皇帝对待赌博的态度而言，他不可能赐给韦小宝如此多精美的赌具，鼓励其赌博。但如果说这是小说故事中康熙皇帝对韦小宝的私爱与纵容，且韦小宝当时被软禁在岛上不会造成对社会风气的影响的话，那就可以讲得通。

赌博对社会的危害早已成共识，中国历朝历代都禁赌。清朝入关之前便已开始禁赌，入关以后也明确禁赌。尤其是康熙重视禁赌，不光停留在口头上，更不是一时的禁止，而是始终严查赌博、从未松懈。

赌博是人类社会的千年痼疾，毕其功于一役的根除根本不可行。但康熙并不因此而在这个大是大非的问题上退却，他在位的 60 余年间坚持禁赌政策，同时将为何禁赌的道理反复教育子孙，以确保其禁赌事业后继有人。

雍正追述其父康熙皇帝在日常生活中对诸皇子的训诫而成的《庭训格言》中记录：“奈何好赌博之人，身家不计，性命不顾，愚痴如是之甚？假赌博之名以攘人财，与盗无异，利人之失，以为己得。始而贪人所有，陷入坑阱；既而吝惜情生，妄想复本，苦恋局内，囊罄产尽，以至无食无居，荡家败业。虽密友至亲，一入赌场，顷刻反颜，一钱得失，怒詈旋兴，雅道俱伤，结怨结仇，莫此为甚。且好赌博者，名利两失，齿虽少，人即料其无成家，正启人决，知其必败。沉溺不返，污下同群，骨肉轻贱，亲朋耻笑，种种败害，相因而起，果何乐何利而为之哉！朕是以严赌博之禁，凡有犯者，必加倍治罪，断不轻恕。”

结　语

张岱在《陶庵梦忆》中写道："人无癖不可与交，以其无深情也；人无疵不可与交，以其无真气也。"从这种论断来看韦小宝与康熙之间的关系：两人都有癖好，所以皆有深情的一面；二人也都有瑕疵，所以皆有真诚的一面。但这些并不足以概括两人完整的关系面。

金庸先生在为《金庸作品集》作的新序中第一句话就是："小说是写给人看的。小说的内容是人。小说写一个人、几个人、一群人或成千成万人的性格和感情。他们的性格和感情从横面的环境中反映出来，从纵面的遭遇中反映出来，从人与人之间的交往与关系中反映出来。"其实，《鹿鼎记》中的韦小宝和康熙可以看作是一个人物的两面，如同《红楼梦》中的甄宝玉和贾宝玉之关系。若把韦小宝与康熙看作一体两面，那两人之间首先是相互吸引和需要，这不仅源于所谓的义气，更深层的原因在于韦小宝不断尝到追随康熙的甜头，康熙则逐渐发现韦小宝隐藏在不学无术之下的独特能力。

人与人之间的吸引和需要其实就是内心欠缺部分的补充，或者说是弥补。康熙可以提拔韦小宝，让韦小宝有恃无恐，甚至是为所欲为；

韦小宝也可以代康熙做许多拿不到桌面和朝廷上公开说的事情。韦小宝作为康熙的心腹甚至是化身，游走于江湖发挥了巨大的作用，不能行走江湖的康熙也在韦小宝的经历中体验到某种快乐。康熙与韦小宝的关系，或者说是感情，不只是如康熙所言“是打架打出来的”这么简单，而是两个出身天渊之别但都绝顶聪明之人的有缘相聚。康熙对韦小宝了如指掌，也只有韦小宝最懂康熙的心思。

康熙与韦小宝实质上是庙堂和江湖关系的相互投射。

韦小宝的权势不止于庙堂，也散布于江湖。在庙堂上，他从御膳房总管的内官身份走向了朝廷，从骁骑营副都统、御前侍卫副总管到抚远大将军、一等子爵、通吃侯、二等鹿鼎公、太子少保；在江湖上，他是天地会青木堂香主、神龙教白龙使，甚至超越了国家的界限，在罗刹国拥有摄政王的头衔。

金庸曾在《韦小宝这小家伙》一文中指明庙堂与江湖的关系本质：“韦小宝自小在妓院中长大，妓院是最不讲道德的地方。后来他进了皇宫，皇宫又是最不讲道德的地方。在教养上，他是一个文明社会中的野蛮人。为了谋求生存和取得胜利，对于他是没有什么不可做的，偷抢拐骗，吹牛溜须，什么都干，做这些坏事，做来心安理得之至。吃人部落中的蛮人，决不会以为吃人肉有什么不该。”

在我的理解中，无论是处于庙堂最高处的康熙皇帝，还是功夫不入流而时常使用下三烂手段的韦小宝，都处于一种表面高低不同但本质基本类似的结构和氛围中，而透过这一切，我们可以窥见中国封建社会的一些根源性的矛盾与弊端。康熙要体面，韦小宝要面子；康熙对上孝顺对下威严，韦小宝在官场也是惧上压下；康熙好听韦小宝的逢迎奉承，韦小宝也乐于享受旁人的恭维拍马；康熙聪明而自负，韦小宝机灵而圆滑；康熙好学是为了巩固政权，韦小宝忙碌奔波是为了八面玲珑权财色丰收……

在这个过程中，庙堂的顶端人物与江湖里的小混混达成了最有默契的组合，甚至是战无不胜，无往不利。我们在阅读小说的过程中，有一种快感，但过后也会有一些担忧：隐约发觉有哪里不对，社会的某个环节或关键好像出了问题。《鹿鼎记》中的嬉笑玩闹，其实揭示出的是中国社会的劣根性：人性上的自私与怯懦，政治上的势利与冷酷。

《鹿鼎记》一书中有这样一个情节："康熙摇了摇头，脸上忽有凄凉寂寞之意，过了好一会，说道：'满洲人有好有坏，汉人也有好有坏。世上的坏人多得很，杀是杀不尽的，要感化他们走上正途，我也没这么大的本事。唉，做皇帝嘛，那也难得很。'向韦小宝凝视半晌，道：'你去罢！'韦小宝磕头辞出，只觉全身凉飕飕地，原来刚才吓得全身是汗，内衣内裤都浸湿了，出得宫门，才吁了一口长气，寻思：'天地会的兄弟中又混进了奸细。杀了一个风际中，另外又出了一个。否则的话，他们要我来行刺皇上，他又怎会知道？可不知是谁做奸细？'回到府中，坐下来细细思索，寻不到半点端倪。"

到了这般田地，两人到底是什么关系？

中国传统的政治智慧与人生韬略在《鹿鼎记》中被戏说得真实而系统。小说中出现的人物，无论是皇帝还是百姓，官吏还是民夫，文人还是武夫，精力大多用于琢磨人和对付人。

"飞鸟尽，良弓藏；狡兔死，走狗烹；敌国灭，功臣亡"几乎是中国专制制度下功臣名将的宿命，挣脱不得丝毫。金庸先生通过《鹿鼎记》一书，深刻描写了韦小宝与康熙皇帝的关系演变，写出了一对儿时的好友是怎样一步步转变为君臣主奴关系的。

如果说从政治角度看这是必然的结局，那从人性角度看这就是必然的悲剧。这里值得反思与追问的问题是，作为政治客体存在的人是应该把情感放在首位，抑或是末位？

韦小宝最后选择归隐，对康熙磕头道："奴才虽然身在天地会，可是对皇上忠心耿耿，没做过半点对不起皇上的事。"康熙森然道："你若有分毫反意，焉能容得你活到今日？"韦小宝听他口气有些松动，忙又磕头说道："皇上鸟生鱼汤，赛过诸葛之亮。奴才尽忠为主，好似关云之长。"

赵良栋曾经对韦小宝说过这么一段话："皇上说，从前汉朝汉光武年轻的时候，有个好朋友叫做严子陵。汉光武做了皇上之后，这严子陵不肯做大官，却在富春江上钓鱼。皇上又说，从前周武王的大臣姜太公，也在渭水之滨钓鱼。周武王、汉光武都是古时候的好皇帝，可见凡是好皇帝，总得有个大官钓鱼。皇上说道：皇上要做鸟生鱼汤，倘若韦爵爷不给他在这里捉鸟钓鱼，皇上怎做得成鸟生鱼汤呢？"到了这个时候，已是赤裸裸的政治利用和价值评估了，温情不再，平日里嬉皮笑脸的韦小宝也终于意识到了问题的严重性，"他越想越悲苦，一席酒筵草草终场，竟然酒后赌钱也不赌了，回到房中，怔怔的落下泪来"。如果韦小宝听得懂道理的话，我想把《社会契约论》中的那句名言送给他："人总是生而自由的，却又无往不在枷锁之中。"

《鹿鼎记》越写到后面，韦小宝和康熙帝的对手戏越值得推敲，乃至生出无尽的悲凉。但是，我们并不因此而否认两人之间曾有过的真挚与美好。康熙与韦小宝之间有日积月累的温情陪伴，惊涛骇浪自是气势磅礴，然涓涓细流往往更潜移默化、深入人心。韦小宝处于两难境地时对康熙说：“皇上，他们要来害你，我拼命阻挡，奴才对你是讲义气的。皇上要去拿他们，奴才夹在中间，难以做人，只好向你求情，那也是讲义气。”

幸好两人之间始终保有一份义气，为韦小宝的离去留有最后一丝温情，也是康熙逐渐成长为功高盖世的一世明君后在内心保有的一丝人气。

金庸先生曾在给青年温瑞安的回信中写道：“天下没有不散的筵席，有的人厌倦了，转变了，心情不同了，那是必然的事。已经有过几年、几个月、几天的相聚，还有什么不知足的？‘一夜夫妻百夜恩，百夜夫妻海样深’，朋友之道亦当如是观。”

作家二月河认为金庸先生是天才，其原因是：“在武侠中注入了人文性，他们捍卫的意义不再是哪个人而是一种理念，人性理念，追求人与人之间的平等、和平与爱，他们的武侠还涉及一些我们传统旧武侠中所没有、所忽略的社会问题。但捍卫人性自由，追求平等意识，恐怕是社会共同的阅读需求。”或许这也是金庸先生在封笔之作《鹿鼎记》中想表达的终极目的吧。

人类从来没有认为对历史的解释丰富到足够的程度，也从来没有自满地认为对现在的体察真实到完美的程度，因为对历史和现在的无止境的探索与思考可以让我们对未来之路的想象空间更广阔、更多元。用黑格尔的话也可以表述为：“历史是一堆灰烬，但灰烬深处有余温。”

30 年前，金庸先生为吴蔼仪《金庸小说的男子》作序时说：“我在 30 岁稍过后开始写武侠小说，所描写的男主角为数众多，个性和遭遇颇为繁复。但写到最后，男主角的结局通常不出于两途：或鞠躬尽瘁，死而后已；或飘然而去，遁世隐居。大概由于我从小就对范蠡、张良一类高人十分钦仰，而少年时代的颠沛流离使我一直渴望恬淡安泰的生活，所以不知不觉之间，我笔下郭靖、乔峰、康熙一类的人物写得较少，多数以另一类的归宿为结局。从《书剑》的陈家洛、《碧血剑》的袁承志，以至《射雕》的王重阳、《倚天》的张无忌、《神雕》的杨过、《笑傲》的令狐冲、《天龙》的虚竹和段誉（他虽然做了大理国的皇帝，后来还是出家为僧），直到最后一部《鹿鼎记》仍是如此。韦小宝贵为公爵，深得皇帝宠幸，还是选择了逃避隐居。”

庙堂之高，江湖之远，皆成过往，人性永真。

参考文献

1. [英]西蒙·塞巴格·蒙蒂菲奥里著，陆大鹏译，《罗曼诺夫皇朝：1613—1918》，社会科学文献出版社，2017年，第一版。

2. [法]埃斯凯拉克·洛图尔著，应远马译，《中国和中国人》，中西书局，2013年，第一版。

3. [美]史景迁著，温洽溢译，《康熙：重构一位中国皇帝的内心世界》，广西师范大学出版社，2011年，第一版。

4. [美]司徒琳著，李荣庆译，《南明史》，上海书店出版社，2007年，第一版。

5. [美]斯塔夫里阿诺斯著，吴象婴、梁赤民、董书慧等译，《全球通史》，北京大学出版社，2006年，第一版。

6. [美]乔纳森·斯潘塞著，曹德骏、竺一莘、朱子文译，《改变中国》，生活·读书·新知三联书店，1990年，第一版。

7. [美]梅尔清著，朱修春译，《清初扬州文化》，复旦大学出版社，2004年，第一版。

8. [美]魏斐德著，陈苏镇、薄小莹等译，《洪业：清朝开国史》

新星出版社，2017 年，增订版。

9.［日］寺尾善雄著，王仲涛译，《宦官史话》，商务印书馆，2001 年，第一版。

10. 王彦章著，《世说清语》，中国财经出版社，2014 年，第一版。

11.（明）黄省曾著，《西洋朝贡典录校注》，中华书局，2000 年，第一版。

12.（清）王之春著，《清朝柔远记》，中华书局，1989 年，第一版。

13. 王龙著，《天朝向左，世界向右：近代中西交锋的十字路口》，华文出版社，2010 年，第一版。

14. 姚念慈著，《康熙盛世与帝王心术》，生活·读书·新知三联书店，2015 年，第一版。

15. 钱穆著，《国史大纲》，商务印书馆，1996 年，第一版。

16. 钱穆著，《中国历代政治得失》，生活·读书·新知三联书店，2017 年，第一版。

17. 孟森著，《清史讲义》，中华书局，2010 年，第一版。

18. 白寿彝著，《史学概论》，中国友谊出版公司，2012 年，第一版。

19. 金庸、池田大作著，《探求一个灿烂的世纪——金庸与池田大作对话录》，北京大学出版社，1999 年，第一版。

20. 叶丽娅著，《中国历代鞋饰》，中国美术学院出版社，2011 年，第一版。

21.（清）李渔著，《闲情偶寄》，上海古籍出版社，2010 年，